天《てん》空《くう》ノ《の》幻《げん》獣《じゅう》園《えん》

謎《なぞ》の転《てん》校《こう》生《せい》と一《ひと》つ目《め》の巨《きょ》人《じん》

作：田中智章　岡篤志
絵：有田満弘

GARDEN OF
MYTHS AND LEGENDS

CONTENTS

目《もく》次《じ》

CHARACTERS 登場人物《とうじょうじんぶつ》

クウ（緑山空《みどりやまくう》）

空想好《くうそうず》きな小学五年生《しょうがくごねんせい》。不器用《ぶきよう》だが、頭《あたま》がよくやさしい心《こころ》をもつ。幻獣《げんじゅう》の心《こころ》の声《こえ》を聞《き》くことができる。

テンカ（春川天華《はるかわてんか》）

運動神経《うんどうしんけい》ばつぐんな小学《しょうがく》五年生《ごねんせい》。クウとはおさななじみ。母《はは》が獣医師《じゅういし》、父《ちち》が自然《ぜん》カメラマンのため動物《どうぶつ》にくわしい。

ケント（使田剣人《つかいだけんと》）

クウのクラスにやってきた転校生《てんこうせい》。幻獣《げんじゅう》にくわしく、クウとなかよくなる。絵《え》を描《か》くのが好《す》き。

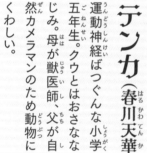

GARDEN OF MYTHS AND LEGENDS

ゲンジ・ユウ

幻獣園《げんじゅうえん》の園長《えんちょう》。人《ひと》と幻獣《げんじゅう》が共存《きょうそん》できる世界《せかい》を実現《じつげん》するため、幻獣園《げんじゅうえん》を設立《せつりつ》した。たよりになる大人《おとな》だが、謎《なぞ》も多《おお》い。

シンハツ・アカリ

幻獣園《げんじゅうえん》の科学者《かがくしゃ》。幻獣《げんじゅう》からとれたさまざまな素材《そざい》で発明品《はつめいひん》をつくる。趣味《しゅみ》は筋《きん》トレ。きびしいことも言《い》うが、根《ね》はやさしい。

ヘルハント

幻獣《げんじゅう》たちを金《かね》もうけのために狩《か》る密猟集団《みつりょうしゅうだん》。作戦《さくせん》中《ちゅう》は黒《くろ》い鎧《よろい》をまとい、鉄線《てっせん》銃《じゅう》などの武器《ぶき》を使《つか》う。ゲンジを目《め》の敵《かたき》にしている。

プロローグ

ヘルハント本部《ほんぶ》の武器庫《ぶきこ》には黒《くろ》ぬりのバイクや、幻獣《げんじゅう》をとらえるための、ものものしいアイテムがずらりとならんでいる。

その中《なか》で男《おとこ》が一人《ひとり》、たんねんに武器《ぶき》の手入《てい》れをしていた。

サラサラした銀髪《ぎんぱつ》からのぞく眼光《がんこう》はするどい。捕獲部隊《ほかくぶたい》のリーダー、クロガネだ。

そこに一体《いったい》のアンドロイド兵《へい》が通《とお》りかかった。クロガネが呼《よ》び止《と》めると、無表情《むひょうじょう》に敬礼《けいれい》する。

「先日《せんじつ》、狩《か》りの最中《さいちゅう》に想定《そうてい》していないじゃまが入《はい》った。この二人《ふたり》を見《み》ろ」

クロガネは手首《てくび》につけたバンドを操作《そうさ》した。宙《ちゅう》に浮《う》かび上《あ》がる、メガネ姿《すがた》の少年《しょうねん》と背《せ》の高《たか》い少女《しょうじょ》の写真《しゃしん》。

「記録映像《きろくえいぞう》を見《み》かえしていたときにこいつらの存在《そんざい》に気《き》づいた。緑山空《みどりやまくう》と、春川天華《はるかわてんか》。この二人《ふたり》は、確実《かくじつ》に幻獣園《げんじゅうえん》とつながりがある。こいつらの顔《かお》をおぼえておけ。じきにつかまえるぞ」

クロガネの命令《めいれい》を受《う》け、アンドロイドは立《た》ち去《さ》ろうとした。

「……待《ま》て。ただつかまえるだけじゃもったいない。こいつらを利用《りよう》して、幻獣園《げんじゅうえん》にたどり着《つ》く方法《ほうほう》をあばき出《だ》すんだ」

アンドロイドが立《た》ち去《さ》ると、クロガネはふたたび武器《ぶき》の手入《てい》れを始《はじ》めた。その口元《くちもと》には、不気味《ぶきみ》な笑《え》みが浮《う》かんでいる。

「幻獣園《げんじゅうえん》は、まねかれた者《もの》しか入《はい》ることができない。ならば、この子《こ》どもたちにわれわれをまねいてもらえばよいのだ。ゲンジのじゃまが入《はい》る前《まえ》にな……」

蛇《へび》の王《おう》者《じゃ》 2

GARDEN OF MYTHS AND LEGENDS

平泉小学校五年二組《ひらいずみしょうがっこうごねんにくみ》の児童《じどう》たちは、町《まち》からすこしはなれた甲神山《こうじんやま》に登《のぼ》っていた。授《じゅ》業《ぎょう》で山《やま》の植物《しょくぶつ》をスケッチするためだ。

天気《てんき》はすっきりと晴《は》れている。山《やま》を登《のぼ》りながら、一部《いちぶ》の子《こ》どもたちが「強《つよ》い生《い》き物《もの》」の話《はなし》でもり上《あ》がっていた。

「やっぱ百獣《ひゃくじゅう》の王《おう》ライオンでしょ！」

「力《ちから》ならクマだよ。ツメで引《ひ》っかけば、ひとたまりもないもんね」

「ゾウはものすごく大《おお》きいから、そんな攻撃《こうげき》、びくともしないよ。だから最強《さいきょう》はゾウ！」

近《ちか》くを歩《ある》くクウは、息《いき》を切《き》らしながら会話《かいわ》を聞《き》いていた。

先《さき》ほどから話《はなし》に入《はい》りたくて仕方《しかた》がない。しかし、話《はな》せばいつものようにバカにされるに決《き》まっている。

わかっていたのについ、口《くち》を開《ひら》いてしまった。

「強《つよ》いといっても、戦闘力《せんとうりょく》とか、生命力《せいめいりょく》とか、いろんな種類《しゅるい》の強《つよ》さがあると思《おも》うな。それに、状況《じょうきょう》によって強《つよ》さは変《か》わるよね。たとえば、ふだんはおとなしくしていても、サイクロプスみたいに怒《おこ》ったとたん、すさまじい力《ちから》を――」

よどみなく話《はな》すクウを、クラスメイトがさえぎる。

「ストップ～！　また幻獣《げんじゅう》の話《はなし》でしょ。おれたちは実在《じつざい》する生《い》き物《もの》の話《はなし》をしてるの」

「クウの『空《くう》』は、空想《くうそう》の『空《くう》』だもんなあ」

お調子者《ちょうしもの》のタケルが言《い》うと、みんなが笑《わら》った。

（空想《くうそう》なんかじゃない、幻獣《げんじゅう》は本当《ほんとう》にいるんだ）

クウは心《こころ》の中《なか》でつぶやいた。

数《すう》か月前《げつまえ》、クウとおさななじみのテンカは、「幻獣《げんじゅう》グラス」と呼《よ》ばれる不思議《ふしぎ》なサングラスをひろった。幻獣《げんじゅう》グラスをかけると、ふつうの人《ひと》には見《み》えない伝説《でんせつ》の生《い》き物《もの》――幻獣《げんじゅう》が見《み》えるようになるのだ。二人《ふたり》は幻獣《げんじゅう》を保護《ほご》する幻獣園《げんじゅうえん》に招待《しょうたい》され、今《いま》では飼育員《しいくいん》として放課後《ほうかご》や休日《きゅうじつ》に手伝《てつだ》いをしている。

（みんなに幻獣《げんじゅう》や幻獣園《げんじゅうえん》のことを、話《はな》したい……！）

しかし、幻獣園《げんじゅうえん》のことは絶対《ぜったい》にだれにも言《い》わないと、幻獣園《げんじゅうえん》の園長《えんちょう》であるゲンジに約束《やくそく》させられたのだ。

「サイクロプスの怪力《かいりき》はものすごいんだけどなあ……」

クウはぽつりとつぶやく。しかしもちろん、だれも聞《き》いていない。

「ねえねえ、ケントくんはなにが好《す》き？　趣味《しゅみ》とかあるの？」

クウのすぐうしろで楽《たの》しそうな声《こえ》が上《あ》がる。女《おんな》の子《こ》たちが一人《ひとり》の男《おとこ》の子《こ》をかこんで歩《ある》いていた。外国《がいこく》から引《ひ》っ越《こ》してきたばかりの使田剣人《つかいだけんと》に興味《きょうみ》しんしんなのだ。

「趣味《しゅみ》か。そうだね……」

切《き》れ長《なが》の目《め》をしたケントが、サラサラの金髪《きんぱつ》をおもむろにかき上《あ》げる。親《おや》の仕事《しごと》のつごうで、世界《せかい》を転《てん》てんとしながらくらしてきたらしい。

ケントはリュックサックから一冊《いっさつ》の本《ほん》を取《と》り出《だ》し、開《ひら》いて見《み》せた。となりにいた女《おんな》の子《こ》が声《こえ》を上《あ》げる。

「わあ、きれい！　これ、なんの本《ほん》なの？」

「伝説《でんせつ》の生《い》き物《もの》……幻獣《げんじゅう》について書《か》かれた、イタリアの古《ふる》い本《ほん》だよ」

クウは幻獣《げんじゅう》という言葉《ことば》にはっとし、思《おも》わずケントをふりかえった。

「ゲンジュウって、クウがいつも言《い》ってるあれのこと？」

ケントの口《くち》から出《で》た意外《いがい》な言葉《ことば》に、周《まわ》りにいた子《こ》どもたちはぽかんとしている。

「ボクは幻獣《げんじゅう》が大好《だいす》きなんだ。クウくんも好《す》きなのかい？」

クウはクラスメイトたちをかき分《わ》けて、ケントに近《ちか》づく。

「ケ、ケントくん！　き、きみも幻獣好《げんじゅうず》きなの⁉」

クウはまだケントとちゃんとしゃべったことがなかった。

ケントはにっこりとほほえむ。

「ああ、大好《だいす》きさ。きみ、さっきサイクロプスのことを言《い》いかけてたよね。怒《おこ》ったときのサイクロプスなら、ライオンやゾウなんか相手《あいて》にならない。ボク、かれらが群《む》れでくらしていたという、イタリアのシチリア島《とう》にも行《い》ったことあるんだ」

「すごい、シチリア島《とう》に⁉」

「ああ。かれらがくらしていたとされるどうくつや、その名《な》が今《いま》も残《のこ》るサイクロプス海岸《かいがん》にも行《い》ったよ。ほら、サイクロプスって、この書物《しょもつ》にも描《えが》かれているんだ」

「へえ、ヨーロッパでは幻獣《げんじゅう》の名前《なまえ》が地名《ちめい》に残《のこ》ってたりするんだ」

「ケントくんは、物知《ものし》りですごいなあ」

クラスメイトは感心《かんしん》したようにケントの話《はなし》を聞《き》いている。

(え〜。いつも、ぼくが幻獣《げんじゅう》の話《はなし》をしても、バカにするのに……)

クウは複雑《ふくざつ》な気持《きも》ちになったが、同時《どうじ》に幻獣《げんじゅう》についての理解者《りかいしゃ》があらわれたことが、たまらなくうれしかった。


「みんな、それぞれ好《す》きな植物《しょくぶつ》を絵《え》に描《か》いてください。ただし、危険《きけん》な場所《ばしょ》には絶対《ぜったい》に近《ちか》づかないこと！」

山《やま》の頂上《ちょうじょう》に着《つ》くと、担任《たんにん》の海高《うみたか》めぐる先生《せんせい》が声《こえ》をはり上《あ》げて言《い》った。子《こ》どもたちは、それぞれスケッチする場所《ばしょ》を探《さが》しはじめる。

ケントが、クウを見《み》つけて笑顔《えがお》で駆《か》けよってきた。

「クウくん。よかったらボクといっしょにスケッチしないかい？」

「え、あ、うん。でも、いいの？」

ケントのような人気者《にんきもの》なら、みんないっしょにスケッチをしたがるはずだ。しかし、ケントはほほえんでうなずいた。

「クウくんと幻獣《げんじゅう》の話《はなし》をしたいと思《おも》ってね」

「ぼ、ぼくこそ、幻獣《げんじゅう》の話《はなし》ができる人《ひと》が全然《ぜんぜん》いなくて……。ケントくんはすごく幻獣《げんじゅう》にくわしいんだね」

「ああ、大好《だいす》きだからね。ちょっと待《ま》ってて」

ケントは山道《さんどう》のわきにある岩《いわ》にすわりこむと、スケッチブックを開《ひら》き、夢中《むちゅう》でえんぴつを動《うご》かしはじめた。

クウは息《いき》をのんで、その様子《ようす》を見守《みまも》る。

ケントはおだやかな表情《ひょうじょう》でえんぴつを走《はし》らせた。じょじょに浮《う》かび上《あ》がってきたのは、一《ひと》つ目《め》の巨人《きょじん》――。

「わ、うまい!! サイクロプスだ」

「ボク、幻獣《げんじゅう》は本当《ほんとう》にいると思《おも》うんだ。いつか、会《あ》ってみたいなあ」

その言葉《ことば》にクウはドキッとした。

(……そう。幻獣《げんじゅう》は本当《ほんとう》にいる。ケントくんに教《おし》えてあげたい)

「クウくん、ちょっと、こっちの道《みち》に行《い》ってみようよ!」

ケントは突然《とつぜん》立《た》ち上《あ》がると、登山道《とざんどう》から外《はず》れた草《くさ》むらをずんずん歩《ある》きはじめた。

「え、そんなところ大丈夫《だいじょうぶ》？」

すこし不安《ふあん》になりながら、うっそうとした草木《くさき》をかき分《わ》けてついていく。

ふいに、ケントが立《た》ち止《ど》まった。

「クウくん、見《み》て！　このあたりだけ木《き》が枯《か》れている。草《くさ》も全然《ぜんぜん》生《は》えていない」

クウはケントに追《お》いつくと、その肩《かた》ごしにのぞきこんだ。

そこは小《ちい》さな広場《ひろば》のようだった。ここだけ草木《くさき》が枯《か》れていて、寒《さむ》ざむしい。

「本当《ほんとう》だ。どうしてここだけ……」

「クウくん、これ」

ケントの指《ゆび》さす方《ほう》を見《み》ると、地面《じめん》になにかが通《とお》った跡《あと》が見《み》えた。はばは１m《メートル》ほどだろうか。くねくねと曲《ま》がったその跡《あと》は、岩山《いわやま》へと続《つづ》いていた。

クウはしゃがみこんで、それをじっと見《み》つめた。

「なんの跡《あと》だろう。うねうねしているから……ヘビとか？」

「でもクウくん、ヘビにしては太《ふと》すぎない？」

(こんな巨大《きょだい》なヘビは、おそらく存在《そんざい》しない)

クウは、なんとなくいやな予感《よかん》がした。

遠足《えんそく》から数日後《すうじつご》の日曜日《にちようび》。平泉町《ひらいずみちょう》の運動公園《うんどうこうえん》では、朝《あさ》から商店街《しょうてんがい》の草野球大会《くさやきゅうたいかい》が行《おこな》われていた。

はりきる大人《おとな》たちのなかで、ヘルメット姿《すがた》の少女《しょうじょ》がゆっくりとバッターボックスへと入《はい》っていく。平泉小学校《ひらいずみしょうがっこう》の五年生《ごねんせい》、テンカだ。運動神経《うんどうしんけい》ばつぐんのテンカは、助《すけ》っ人《と》として大人《おとな》たちの試合《しあい》に出場《しゅつじょう》していた。

「子《こ》どもだからって手加減《てかげん》しないぞ。ストレート、一本勝負《いっぽんしょうぶ》だ」

ピッチャーはつぶやいて、思《おも》い切《き》り投《な》げこんだ。

せまってくる球《たま》に対《たい》して、テンカは冷静《れいせい》にリズムをとって足《あし》をふみこみ、一気《いっき》にバットをふりぬいた。

カァン!

打球《だきゅう》はきれいな弧《こ》を描《えが》いてレフトのネットをこえていく。くやしそうに地団駄《じだんだ》をふむピッチャーをよそに、テンカはひょうひょうとベースを一周《いっしゅう》した。

そのうらの回《かい》、相手《あいて》のチームはマウンドに上《あ》がるテンカを見《み》てぎょっとした。

「なに、わたしがピッチャーやっちゃだめ？」

ぶんぶんと肩《かた》を回《まわ》すテンカは、にっと笑《わら》う。

「手加減《てかげん》なし、ストレート一本勝負《いっぽんしょうぶ》だよ」


テンカがグラウンドから出《で》てくると、待《ま》っていたクウがハイタッチで迎《むか》えた。

「さすがだね、テンカちゃん！」

「こんなの楽勝《らくしょう》だよ。ホームラン打《う》てて気持《きも》ちよかった〜」

テンカは、どんなスポーツもできてしまう。そんなおさななじみのことが、クウはほこらしかった。

いつものようにテンカだ。

グラウンドを後《あと》にした二人《ふたり》は、ぬけ道《みち》を通《とお》って家《いえ》へと向《む》かう。先《さき》に走《はし》っていくのは、いつものようにテンカだ。

「よし、今日《きょう》はこっち行《い》くよ！」

テンカは商店街《しょうてんがい》のわき道《みち》に入《はい》っていく。

「テンカちゃん、待《ま》って。服《ふく》がよごれちゃうよ」

クウはゴミ箱《ばこ》や段《だん》ボール箱《ばこ》がつまれた、せまい道《みち》を必死《ひっし》についていく。

わき道《みち》をぬけ、いくつか角《かど》を曲《ま》がると、見《み》なれない店《みせ》の前《まえ》に出《で》た。うすよごれたショーウィンドーの向《む》こうには、大《おお》きな金具《かなぐ》の取《と》っ手《て》がついた古《ふる》いタンスや、複雑《ふくざつ》なもようが描《えが》かれたつぼ、真《ま》っ赤《か》な木彫《きぼ》りのお面《めん》などが、雑多《ざった》に山《やま》づみにされている。

「こんなところに、お店《みせ》なんかあったっけ？」

クウが首《くび》をかしげる。

二人《ふたり》は開《ひら》きっぱなしのドアから、店内《てんない》に入《はい》った。かびくさいにおいに、テンカが鼻《はな》にしわをよせる。

「ごめんくださ〜い……。ここお店《みせ》じゃなくて、ゴミ屋敷《やしき》じゃない？」

「ゴミ屋敷《やしき》じゃあない。骨董品屋《こっとうひんや》、アンティークショップじゃ」

背後《はいご》から突然声《とつぜんこえ》がして、クウとテンカは飛《と》び上《あ》がった。ふりかえると、そこには小《こ》柄《がら》な老人《ろうじん》が立《た》っていた。髪《かみ》の毛《け》もひげもまゆ毛《げ》も真《ま》っ白《しろ》で、その目《め》はらんらんとあやしげに光《ひか》っている。

「ここは、古今東西《ここんとうざい》のめずらしいものを集《あつ》めた店《みせ》よ。二人《ふたり》とも、好奇心旺盛《こうきしんおうせい》でめずらしいものが大好《だいす》きという顔《かお》をしておるな」

「え、そんなことわかるんですか？」

クウは気持《きも》ちを落《お》ち着《つ》かせながら、おじいさんに聞《き》いた。まだ心臓《しんぞう》がバクバクと鳴《な》っている。

「うむ、この世《よ》のありとあらゆる名品《めいひん》をあつかってきた、わしの目《め》にくるいはない。そうだ、きみたちが好《す》きそうなほりだしものを見《み》せてやろう」

おじいさんは店《みせ》の奥《おく》へ消《き》えたかと思《おも》うと、すぐになにかをかかえてもどってきた。

それはウサギの石像《せきぞう》だった。体《からだ》の毛《け》なみや顔《かお》のつくりまで、とても細《こま》かく表現《ひょうげん》されている。

「この石像《せきぞう》、ものすごくリアルですね」

クウはしゃがみこんで、じっくりと石像《せきぞう》を見《み》つめた。まるで本物《ほんもの》のウサギのようだ。

「じゃろ？　作者不明《さくしゃふめい》の名品《めいひん》じゃ」

「え〜、おじいさんも作者《さくしゃ》を知《し》らないの？」

「おじょうさん、じつはな……ここだけの話《はなし》じゃよ。これはタダで、手《て》に入《い》れたんじゃ。フフフ。甲神山《こうじんやま》にすてられてあっての。他《ほか》にもタヌキや、リスの石像《せきぞう》なんかもたーくさん転《ころ》がっておった。なぜかはようわからん。しかし、今《いま》にも動《うご》きだしそうですてきじゃろう？」

クウは思《おも》わずあとずさり、石像《せきぞう》をじっと見《み》つめた。ウサギはまるでおびえたように、カッと目《め》を開《ひら》いている。

（これって、本当《ほんとう》にただの石像《せきぞう》なのかな？）

となりのテンカは、石像《せきぞう》を気味悪《きみわる》そうにながめていた。

「あ、あの……ぼくたち、今日《きょう》はここらへんで」

クウとテンカは、逃《に》げるようにその場《ば》を後《あと》にした。

お店《みせ》からはなれていつもの商店街《しょうてんがい》にもどると、二人《ふたり》はようやく口《くち》を開《ひら》いた。

「あの石像《せきぞう》、なんだか気味悪《きみわる》かったね……。まるで生《い》きてるみたいだった。なんで甲《こう》神山《じんやま》にあんな石像《せきぞう》が、いっぱい落《お》ちてたんだろう」

そう言《い》ってから、テンカははっと顔《かお》を上《あ》げた。

「そうだ……甲神山《こうじんやま》といえば、ママがこの前山《まえやま》の近《ちか》くの道《みち》を車《くるま》で走《はし》っていたとき、道路《どうろ》をわたるネズミの集団《しゅうだん》を見《み》たって」

「ネズミの集団《しゅうだん》？」

「しかも近所《きんじょ》の人《ひと》の話《はなし》だと、ネズミだけじゃなくて、タヌキやヘビも最近《さいきん》よく見《み》られるとか……」

「もしかして山《やま》から逃《に》げ出《だ》してきたのかな？」

そう言《い》って、クウはあることを思《おも》い出《だ》した。

「授業《じゅぎょう》で甲神山《こうじんやま》に絵《え》を描《か》きにいったとき、ケントくんと植物《しょくぶつ》がたくさん枯《か》れている場《ば》所《しょ》を見《み》つけたんだ。なにか生《い》き物《もの》が通《とお》ったような跡《あと》も」

クウは、メガネをおし上《あ》げて考《かんが》えこんだ。

「甲神山《こうじんやま》で、なにかが起《お》きてる。わたしたちで調査《ちょうさ》しようよ！」

テンカの言葉《ことば》に、クウはゆっくりとうなずいた。

「動物《どうぶつ》たちがこまっているかもしれないね。それに、この謎《なぞ》のうらには、幻獣《げんじゅう》がいる気《き》がする……」

クウは甲神山《こうじんやま》で見《み》つけた跡《あと》を思《おも》いかえしていた。あれは、ふつうの生《い》き物《もの》が通《とお》った大《おお》きさではない。かちっとピースがはまり、クウはあっと声《こえ》を上《あ》げた。

「甲神山《こうじんやま》にいる幻獣《げんじゅう》がわかったかもしれない」

「本当《ほんとう》？」

「うん、まだ確定《かくてい》ではないけど。そうだ」

クウはポケットにしのばせていた、小《ちい》さなマッチ棒《ぼう》のようなものを取《と》り出《だ》した。

「スカイパラソル」という、幻獣園《げんじゅうえん》に行《い》くために必要《ひつよう》なアイテムだ。ふだんは、サイズを小《ちい》さくして持《も》ち運《はこ》ぶことができる。

「アカリさんに相談《そうだん》しに行《い》こう。アカリさんなら、きっといいアドバイスをくれるはず」

「うん、そうだね」

クウとテンカは小《ちい》さな神社《じんじゃ》の境内《けいだい》に入《はい》ると、てのひらにのせたスカイパラソルに息《いき》を吹《ふ》きかけた。すると次《つぎ》の瞬間《しゅんかん》、黒《くろ》い傘《かさ》があらわれた。

クウとテンカは傘《かさ》を広《ひろ》げると、持《も》ち手《て》の部分《ぶぶん》についた白《しろ》いボタンをおし、同時《どうじ》にさけんだ。

「幻獣園《げんじゅうえん》へ！」

突風《とっぷう》が吹《ふ》き上《あ》がり、二人《ふたり》の体《からだ》が一気《いっき》に大空《おおぞら》へと上昇《じょうしょう》する。遠《とお》くへ、遠《とお》くへと、風《かぜ》がスカイパラソルを運《はこ》ぶ。

そして気《き》づけば、雲《くも》の合間《あいま》から、空《そら》に浮《う》かぶ巨大《きょだい》な島《しま》が見《み》えていた。幻獣園《げんじゅうえん》だ。

クウとテンカは、幻獣園《げんじゅうえん》の中央広場《ちゅうおうひろば》へとおり立《た》った。

遠《とお》くでは、草原《そうげん》のエリアでつなぎ姿《すがた》のゲンジがペガサスのハヤテをなでているのが見《み》える。すらりと背《せ》が高《たか》く、あごひげをたくわえた幻獣園《げんじゅうえん》の園長《えんちょう》は、二人《ふたり》に気《き》づくと手《て》をふって近《ちか》づいてきた。

「おや、今日《きょう》はきみたちの当番《とうばん》の日《ひ》じゃないのに、どうした？」

「ちょっと、アカリさんに相談《そうだん》したいことがあって」

答《こた》えにつまったクウのかわりに、テンカが答《こた》えた。

（ゲンジさんに甲神山《こうじんやま》のことを話《はな》したら、ぼくらだけで調査《ちょうさ》するのはやめろって言《い》うかも）

「アカリさんなら、発明品《はつめいひん》の材料《ざいりょう》を採取《さいしゅ》するために、風《かぜ》のエリアにある高山《こうざん》に入《はい》ったぞ。今日《きょう》は、いつもどるかわからないな」

「そうなんですね」

肩《かた》を落《お》とす二人《ふたり》に、ゲンジはほほえみかけた。

「図書館《としょかん》に行《い》ってきたらどうだい？　きみたちのなやみを解決《かいけつ》するなにかが、あるかもしれない」

ゲンジの目《め》がするどく光《ひか》り、クウはあわてて目《め》をそらした。ゲンジと話《はな》していると、考《かんが》えを見《み》ぬかれているような気《き》になるのだ。

「わかりました！」

そう言《い》うと、二人《ふたり》は中央広場《ちゅうおうひろば》の近《ちか》くにある図書館《としょかん》へと向《む》かった。

幻獣園《げんじゅうえん》の図書館《としょかん》には、幻獣《げんじゅう》に関《かん》するさまざまな本《ほん》が所蔵《しょぞう》されている。歴史《れきし》を感《かん》じさせる建物《たてもの》で、天井《てんじょう》は高《たか》く、四方《しほう》の壁《かべ》にびっしりと本《ほん》のつまった書棚《しょだな》がならんでいた。談話室《だんわしつ》には大《おお》きなテーブルやソファがあり、ゆっくりと読書《どくしょ》することができる。

「えーっと……メンネルラウスの『幻獣図鑑《げんじゅうずかん》』と……」

クウは古《ふる》くて重《おも》そうな本《ほん》を引《ひ》っぱり出《だ》して、勢《いきお》いよくめくっていく。探《さが》していたページを見《み》つけると、テンカに広《ひろ》げて見《み》せた。

「ぼくが甲神山《こうじんやま》にいると思《おも》ったのは、この『バジリスク』だよ」

書物《しょもつ》には、口《くち》を大《おお》きく開《あ》け、するどい牙《きば》を見《み》せつけるヘビのような生《い》き物《もの》の挿絵《さしえ》が描《えが》かれていた。その頭《あたま》には、王冠《おうかん》のようなとさかがついている。

「バジリスクは『蛇《へび》の王者《おうじゃ》』とも呼《よ》ばれ、その全長《ぜんちょう》は20m《メートル》にもおよぶ。古代《こだい》ローマの時代《じだい》からおそれられてきた、最強《さいきょう》の部類《ぶるい》に入《はい》る幻獣《げんじゅう》なんだ」

「え、そんなに!?」

「バジリスクのおそろしいところは、なんといってもその魔眼《まがん》。目《め》が合《あ》った生《い》き物《もの》を石《いし》にしてしまう力《ちから》を持《も》っているんだ。しかも、猛毒《もうどく》を持《も》っていて、吐《は》く息《いき》だけで植物《しょくぶつ》を枯《か》らしてしまうことで有名《ゆうめい》なんだよ」

「石《いし》のウサギに、枯《か》れた植物《しょくぶつ》……甲神山《こうじんやま》で起《お》きている現象《げんしょう》にぴったりだね」

「バジリスクが通《とお》るだけで、他《ほか》の動物《どうぶつ》は恐怖《きょうふ》でいっせいに逃《に》げ出《だ》すとも言《い》われているんだ。でも、どうしてバジリスクが甲神山《こうじんやま》なんかにいるんだろう……。ねえ、ぼくたちだけで調《しら》べてみない？」

「でも、すっごく危険《きけん》な幻獣《げんじゅう》なんでしょ？　大丈夫《だいじょうぶ》？」

クウはメガネをおし上《あ》げた。

「バジリスクにも、弱点《じゃくてん》があるんだ。ほら、ここ」

クウはページをめくって指《ゆび》さした。

「『バジリスクと出会《であ》ったときは、鏡《かがみ》を使《つか》うことで石化《せきか》の視線《しせん》をはねかえすことができる。また、雄鶏《おんどり》の鳴《な》き声《ごえ》とイタチのにおいに弱《よわ》い』……しっかり対策《たいさく》をして、様子《ようす》を見《み》るだけなら大丈夫《だいじょうぶ》じゃないかな」

「それじゃあ、アカリさんの研究所《けんきゅうじょ》に行《い》ってみる？　なにかあるかもよ」

二人《ふたり》は図書館《としょかん》を出《で》ると、アカリの研究所《けんきゅうじょ》へやってきた。研究所《けんきゅうじょ》の中《なか》はほこりをかぶった紙束《かみたば》や、薬《くすり》びん、植物《しょくぶつ》、なにに使《つか》うかわからない道具《どうぐ》などであふれかえり、雑然《ざつぜん》としている。

「勝手《かって》に入《はい》ってごめんなさーい。うわ、きたない。どこになにがあるやら……」

テンカはすっかりあきれた様子《ようす》だ。

クウはガラクタの山《やま》の一角《いっかく》に、きらりと光《ひか》るものを見《み》つけてかがみこんだ。

「これとかどうかな」

それは、古《ふる》い手鏡《てかがみ》だった。ポケットに入《はい》るくらいのコンパクトな大《おお》きさだ。

「鏡《かがみ》を使《つか》えば、万《まん》が一《いち》のときでも、バジリスク自身《じしん》を石《いし》にすることができる。あとは、イタチか雄鶏《おんどり》でもいるといいんだけど」

「イタチとなるとニホンイタチ？……今《いま》から探《さが》すのは大変《たいへん》そう」

ふと、クウはガラクタの山《やま》からなにかを引《ひ》っぱり出《だ》した。それは、ニワトリの形《かたち》をしたおもちゃだった。ぷにっとその胴体《どうたい》をおしてみる。

コケコッコー!!

「クウ、なに遊《あそ》んでんの？」

「バジリスクは雄鶏《おんどり》の鳴《な》き声《ごえ》が苦手《にがて》……これ、使《つか》えないかな？」

テンカは半信半疑《はんしんはんぎ》の様子《ようす》だったが、うなずいた。

「まあ、なにもないよりはましかもね」

二人《ふたり》は翌日《よくじつ》の放課後《ほうかご》に調査《ちょうさ》に行《い》くことを約束《やくそく》し、幻獣園《げんじゅうえん》を後《あと》にした。


その日《ひ》の深夜《しんや》。クウはベッドで眠《ねむ》っていた。まどの外《そと》には満月《まんげつ》が浮《う》かんでいる。と、黒《くろ》いなにかが、まどの外《そと》に静《しず》かにおり立《た》った。大《おお》きなカラスのような生《い》き物《もの》――ゲンジの相棒《あいぼう》、ヤタガラスのジュウゲンだ。

クウのつくえの上《うえ》には、古《ふる》い手鏡《てかがみ》と、ニワトリのおもちゃが置《お》かれていた。

ジュウゲンは首《くび》をかしげるように、しばらく部屋《へや》の中《なか》をのぞきこんでいた。やがて、室内《しつない》を観察《かんさつ》し終《お》えると、大《おお》きな翼《つばさ》を羽《は》ばたかせて、ふたたび満月《まんげつ》の浮《う》かぶ夜空《よぞら》へと飛《と》び立《た》っていった。


翌日《よくじつ》の放課後《ほうかご》、クウは急《いそ》いで学校《がっこう》から帰宅《きたく》した。腰《こし》に巻《ま》いた道具《どうぐ》ベルトに幻獣《げんじゅう》グラスをしまい、手鏡《てかがみ》とニワトリのおもちゃをリュックサックに入《い》れると、外《そと》に出《で》かける。

テンカと合流《ごうりゅう》すると、二人《ふたり》は甲神山《こうじんやま》へと向《む》かうバスに乗《の》った。

バスに乗《の》っている間《あいだ》、クウはテンカに、転校生《てんこうせい》のケントについて話《はな》した。

「へえ、ケントくんと仲《なか》いいんだ。意外《いがい》」

「ケントくんは、すごく幻獣《げんじゅう》にくわしいんだ」

「でも、幻獣園《げんじゅうえん》のことは話《はな》しちゃだめだからね」

「話《はな》さないよ！　すっごく話《はな》したいけどさ」

そうこうしているうちに、バスは甲神山《こうじんやま》の入《い》り口《ぐち》に着《つ》いた。

夕方《ゆうがた》も近《ちか》づいているので、あたりに人《ひと》は見当《みあ》たらない。二人《ふたり》が山《やま》を登《のぼ》りはじめると、さっそく数体《すうたい》の動物《どうぶつ》の石像《せきぞう》を見《み》つけた。

「あ、タヌキの石像《せきぞう》だ！」

クウはまじまじと観察《かんさつ》する。

「かわいそうに……。この子《こ》たちも、バジリスクと目《め》を合《あ》わせちゃったんだ」

クウは、石化《せきか》したタヌキたちの視線《しせん》の先《さき》を見《み》る。そこには、数日前《すうじつまえ》にケントと見《み》たものと同《おな》じ跡《あと》が残《のこ》されている。

「この大《おお》きさ……きっとここを通《とお》ったんだ。たどってみよう」

跡《あと》は小道《こみち》へと続《つづ》いていた。うっそうとした木《き》ぎが、枯《か》れ木《き》ばかりになっていく。やがて岩山《いわやま》にたどり着《つ》き、跡《あと》がとだえたところで、真《ま》っ暗《くら》などうくつの入《い》り口《ぐち》が見《み》えた。どうくつの入《い》り口《ぐち》には、「キケン立入禁止《たちいりきんし》」の看板《かんばん》が転《ころ》がっていた。

クウとテンカは、そっと中《なか》に足《あし》をふみ入《い》れた。

どうくつの中《なか》は、二人《ふたり》が両腕《りょううで》をのばせるくらい、広《ひろ》びろとしていた。足元《あしもと》のむき出《だ》しの岩《いわ》は、ところどころつるつるとすべりやすくなっている。

クウとテンカは、ライトで照《て》らしながら奥《おく》へと進《すす》んだ。やがて、大《おお》きな広場《ひろば》に出《で》る。

二人《ふたり》は同時《どうじ》に息《いき》をのんだ。

広場《ひろば》の中心《ちゅうしん》には、落《お》ち葉《ば》が巣《す》のようによせ集《あつ》められている。その上《うえ》には、楕円形《だえんけい》のものがいくつもならんでいた。ざっと見《み》つもって、二十個《にじゅっこ》はあるだろうか。

「なに、これ」

クウが息《いき》を殺《ころ》して聞《き》くと、その声《こえ》がどうくつ中《じゅう》にこだまする。

「……これ、きっとバジリスクの卵《たまご》だ！」

テンカが興奮《こうふん》をおさえて言《い》う。

「透明《とうめい》になってるからもうすぐふ化《か》するよ。落《お》ち葉《ば》を集《あつ》めて、いっせいに産《う》むんだ……キングコブラの産卵《さんらん》に似《に》てる」

二人《ふたり》は近《ちか》よると、そっと上《うえ》から卵《たまご》をのぞいた。うすいからの中《なか》で、なにかがうごめいているのが見《み》える。

「クウ、この卵《たまご》が全部《ぜんぶ》ふ化《か》したら、町《まち》が大変《たいへん》なことになるよ」

そのとき、どうくつの入《い》り口《ぐち》の方《ほう》から音《おと》がした。ふりかえろうとするテンカを、クウがあわてて止《と》める。

「テンカちゃん、見《み》ちゃダメだ」

テンカはぴたりと動《うご》きを止《と》めた。

入《い》り口《ぐち》から、大《おお》きな生《い》き物《もの》が近《ちか》づく気配《けはい》を感《かん》じる。なにかが岩《いわ》の上《うえ》をすべる音《おと》、シュルシュルと息《いき》づく空気《くうき》のふるえ……。クウはゆっくりと幻獣《げんじゅう》グラスをかけた。ちらりと背後《はいご》の地面《じめん》を見《み》ると、きらめく緑《みどり》のウロコが一瞬《いっしゅん》見《み》えた。

「……バジリスクだ」

「クウ、まずいよ。キングコブラと生態《せいたい》が似《に》ているなら……たぶん今《いま》は繁殖期《はんしょくき》で外敵《がいてき》に敏感《びんかん》で、神経質《しんけいしつ》になってる」

「壁《かべ》にはりついて、横《よこ》をすりぬけられない？」

「無理《むり》、まっすぐこっちに向《む》かってる」

「手鏡《てかがみ》を使《つか》おう。バジリスクの目《め》は見《み》ないように、視線《しせん》をふせたまま向《む》けてみる。それじゃあ、いくよ」

クウはぶるぶるとふるえる手《て》で、リュックサックから手鏡《てかがみ》を取《と》り出《だ》す。

ガシャン！

「あ！」

手鏡《てかがみ》はクウの手《て》からすべり落《お》ちて、こなごなにくだけた。

「……ごめん、落《お》としちゃった」

「かんべんしてよ……」

異変《いへん》を察知《さっち》したバジリスクは、シュルルルと低《ひく》い音《おと》を立《た》てる。

(気《き》づかれた……いつおそわれてもおかしくない)

クウの心臓《しんぞう》がバクバクと鳴《な》る。それをなだめるように、テンカが肩《かた》に手《て》を置《お》いた。

「落《お》ち着《つ》いて。バジリスクがヘビに似《に》ているなら、見《み》た目《め》が凶暴《きょうぼう》そうでも、臆病《おくびょう》な生《い》き物《もの》なんだと思《おも》う。ヘビも臆病《おくびょう》だからこそ、威嚇《いかく》する。威嚇《いかく》がきかなかった時《とき》に、おそってくるだけ。だから静《しず》かにしていればきっと大丈夫《だいじょうぶ》」

「……う、うん」

そのとき、ささやくような声《こえ》がクウの頭《あたま》にひびいた。

〈**大事《だいじ》なわが子《こ》に、手《て》を出《だ》そうとしたのか？**〉

（バジリスクだ……！）

クウには不思議《ふしぎ》な力《ちから》があり、幻獣《げんじゅう》の心《こころ》の声《こえ》を聞《き》くことができる。初《はじ》めて幻獣《げんじゅう》にさわった日《ひ》から、聞《き》こえるようになったのだ。しかし、クウはまだその能力《のうりょく》を十分《じゅうぶん》に生《い》かせていない。

クウは決《けっ》して視線《しせん》を上《あ》げないようにしながら、バジリスクに話《はな》しかける。

「ちがう、きみの卵《たまご》をうばいに来《き》たわけじゃない。すぐ出《で》ていくよ」

クウとテンカは下《した》を見《み》ながら、壁《かべ》まであとずさりした。バジリスクはそれ以上《いじょう》、追《お》ってこようとしない。

「テンカちゃん、今《いま》なら大丈夫《だいじょうぶ》。このまま壁《かべ》を伝《つた》って、バジリスクの横《よこ》を通《とお》りぬけよう」

そのときだった。

パーン、という大《おお》きな破裂音《はれつおん》が入《い》り口《ぐち》の方《ほう》からひびいた。はげしい閃光《せんこう》が、どうくつの暗闇《くらやみ》を照《て》らす。

「え、なに？」

クウはぼう然《ぜん》として目《め》をしばたたいた。

「花火《はなび》？　だれか、他《ほか》に来《き》てるの？」

テンカが言《い》う。

「だめだ、バジリスクが興奮《こうふん》しちゃった」

「早《はや》く逃《に》げよう！」

バジリスクは口《くち》を大《おお》きく開《ひら》き、駆《か》け出《だ》したクウとテンカに飛《と》びかかってくる。二人《ふたり》はかろうじてそれをよけると、どうくつのすみに逃《に》げこんだ。

「そうだ、もうひとつ道具《どうぐ》がある！」

「早《はや》く早《はや》く、それそれ！」

クウはふたたびリュックサックに手《て》を突《つ》っこんだ。

バジリスクはすぐそこまで来《き》ている。口《くち》から垂《た》れただ液《えき》で岩《いわ》がしゅーっと音《おと》を立《た》てて溶《と》けるのが聞《き》こえた。

クウはニワトリの形《かたち》をしたおもちゃを取《と》り出《だ》すと、背後《はいご》に突《つ》き出《だ》し、思《おも》いっきりおした。

コケコッコ――ッ！

すぐそこまでせまっていたバジリスクの動《うご》きが、止《と》まる。

「今《いま》のうちに外《そと》に！」

クウとテンカは夢中《むちゅう》でどうくつの出口《でぐち》へと走《はし》り出《だ》す。出口《でぐち》から飛《と》び出《だ》すと、二人《ふたり》は近《ちか》くの木陰《こかげ》にかくれた。

「バジリスクが出《で》てきた！」

クウは目《め》のはしで、巨大《きょだい》なヘビのような体《からだ》が、どうくつからうねるように飛《と》び出《だ》すのを確認《かくにん》した。バジリスクはシャーッと声《こえ》を上《あ》げ、頭《あたま》をふる。

そのときだった。

バーン！　バーン！

ふたたび、花火《はなび》が鳴《な》る。テンカははっと、音《おと》の鳴《な》った方《ほう》を見《み》つめた。

「だれ!?」

やぶの中《なか》にいた人影《ひとかげ》が、すばやく走《はし》り去《さ》っていく。

花火《はなび》に反応《はんのう》したバジリスクは、クウとテンカの方《ほう》を向《む》いた。あわてて木陰《こかげ》から逃《に》げ出《だ》そうとしたクウは、木《き》の根元《ねもと》につまずき、転《ころ》んでしまった。

「クウ、あぶない！」

「え？」

クウが立《た》ち上《あ》がりふり向《む》くと、石《いし》になったテンカが、クウを守《まも》るように両手《りょうて》を広《ひろ》げて立《た》っていた。

「……テンカちゃん！　ねえ、テンカちゃん！」

クウはテンカの肩《かた》をつかんで何度《なんど》も呼《よ》びかけたが、びくとも動《うご》かない……。

「よくもテンカちゃんを石《いし》にしたな！」

怒《いか》りにかられたクウは、おそれをわすれてバジリスクに正面《しょうめん》から向《む》き合《あ》おうとした。

そのとき――。

頭上《ずじょう》から、空気《くうき》を切《き》りさく音《おと》が聞《き》こえた。

見上《みあ》げると、木《き》ぎの切《き》れ間《ま》から、すばやく急降下《きゅうこうか》してくる黒《くろ》い影《かげ》が見《み》えた。

「ジュウゲン!?」

ゲンジが相棒《あいぼう》にしているヤタガラスだ。よく見《み》ると、ジュウゲンだけではない。その背中《せなか》には、茶色《ちゃいろ》い生《い》き物《もの》が乗《の》っていた。

するどい目《め》つきの、イタチのような生《い》き物《もの》だ。頭《あたま》にはゴーグルを着《つ》けている。

〈よう、ぼうず。**最終兵器様**《さいしゅうへいきさま》**のお出**《で》**ましだぜ。ふせろ！**〉

クウはあわてて地面《じめん》にふせた。顔《かお》だけを上《あ》げて、おそるおそる様子《ようす》をうかがう。

イタチがジュウゲンの背中《せなか》から飛《と》びおり、バジリスクめがけて落下《らっか》する。その身《み》のこなしは軽《かろ》やかだ。

〈やれやれ、めんどうなことをたのまれたもんだぜ〉

クウは、はっとした。イタチが飛《と》びおりた瞬間《しゅんかん》、バジリスクがおそれるように、身《み》を一瞬《いっしゅん》引《ひ》いたのだ。

（そうだ、バジリスクのもう一《ひと》つの弱点《じゃくてん》は……イタチだ！）

〈さあ、ちゃちゃっとすましちまうぜ〉

イタチが空中《くうちゅう》で体《からだ》を回転《かいてん》させると、勢《いきお》いよくつむじ風《かぜ》が巻《ま》き起《お》こり、バジリスクをおそった。まるで刃物《はもの》のようにするどい風《かぜ》が、近《ちか》くの木《き》ぎをなぎたおしていく。よく見《み》ると、そのあしからは、きらりと光《ひか》る刃《やいば》がのびている。

バジリスクが、悲鳴《ひめい》を上《あ》げた。

（ただのイタチじゃない……あれは、かまいたちだ！　って、かまいたちもイタチの一種《いっしゅ》っていうことでいいの？）

かまいたちはバジリスクの背《せ》にしがみつくと、ふたたびつむじ風《かぜ》を起《お》こす。しかし、かたいうろこにはいまいち効果《こうか》がないようだ。

背中《せなか》のかまいたちをふり落《お》とそうと、バジリスクははげしく体《からだ》をくねらせる。たまらず、かまいたちは宙《ちゅう》に放《ほう》り出《だ》された。

（あぶない！　かまいたちがバジリスクの魔眼《まがん》にやられちゃう……！）

しかし、バジリスクがかまいたちをにらみつけようとした瞬間《しゅんかん》――かまいたちはふたたびつむじ風《かぜ》を起《お》こし、空中《くうちゅう》で回転《かいてん》した。

バジリスクの顔《かお》に、尻《しり》が向《む》くように。

ブッパーッー！

あたりに、ものすごいにおいが立《た》ちこめる。バジリスクは白目《しろめ》をむき、ゆっくりとたおれた。まるで大木《たいぼく》が切《き》りたおされたように、地面《じめん》がゆれる。

「た、たおしちゃった……。イタチのにおいが苦手《にがて》って、たしかに書《か》いてあったけど、ここまでとは」

はっとしたクウがあたりを見回《みまわ》すと、テンカは横《よこ》で石《いし》になったまま立《た》っている。

「テ、テンカちゃん！」

クウはテンカに駆《か》けよると、固《かた》くなった肩《かた》に手《て》を置《お》いた。

「ごめん……ぼくのせいで」

「心配《しんぱい》ない」

ふわりと、空《そら》からだれかが舞《ま》いおりる。スーツ姿《すがた》のゲンジが、スカイパラソルを持《も》って立《た》っていた。かまいたちはゲンジを見《み》つけると、うれしそうに駆《か》けより、肩《かた》に飛《と》び乗《の》る。

「ゲンジさん！　ごめんなさい、二人《ふたり》だけでバジリスクにいどもうって、ぼくが提案《ていあん》して……そしたら、ぼくをかばって、テンカちゃんが石《いし》になっちゃって、どうしたらいいか……」

クウはゲンジのジャケットにしがみつきながら、必死《ひっし》でうったえた。目《め》からなみだがこぼれる。

ゲンジはクウの頭《あたま》をやさしくなで、背中《せなか》をぽんぽんとたたいた。

「クウくん、落《お》ち着《つ》きなさい。幻獣園《げんじゅうえん》には、バジリスクの石化《せきか》を解《と》く薬草《やくそう》がある。マンドレイクといって、古来《こらい》から強力《きょうりょく》な魔力《まりょく》を持《も》つとされる薬草《やくそう》だ。きみなら知《し》っているだろう。アカリさんに調合《ちょうごう》してもらって飲《の》ませれば、テンカちゃんの石化《せきか》も解《と》ける」

「よかった……よかった」

安心《あんしん》と後悔《こうかい》で、クウはさらになみだを流《なが》した。いつの間《ま》にか、かまいたちが肩《かた》に乗《の》っていた。ちょっぴりくさかったが、その体《からだ》はあたたかかった。

〈おれさまの名前《なまえ》はツムジ。泣《な》くな、ぼうず〉

「ありがとう……きみのおかげで、助《たす》かったよ」

涙《なみだ》をぬぐいながら、クウはゲンジに気《き》になっていることを質問《しつもん》した。

「でもゲンジさん、どうしてぼくらを助《たす》けにこられたんですか」

「きみたちの様子《ようす》がおかしいんで、ジュウゲンに見張《みは》ってもらっていたんだ。今回《こんかい》ばかりは、すこし無茶《むちゃ》がすぎたかな。バジリスクは『蛇《へび》の王者《おうじゃ》』とも呼《よ》ばれる最強《さいきょう》クラスの幻獣《げんじゅう》だ。きみも知《し》っていただろう」

「……すみません」

「自分《じぶん》たちでやろうという気持《きも》ちも大事《だいじ》だ。ただ、そのためには相応《そうおう》の力《ちから》をつけなければいけない」

ゲンジは、かまいたちのツムジをだき上《あ》げた。

「クウくん、きみは幻獣《げんじゅう》の心《こころ》の声《こえ》が聞《き》こえる。さらに力《ちから》をのばせば、幻獣《げんじゅう》に自分《じぶん》の声《こえ》をとどけ、呼《よ》びよせることもできるようになる」

「そんなことができるんですか？」

「たがいに心《こころ》を通《かよ》わせた幻獣《げんじゅう》とは、契約《けいやく》を結《むす》ぶことで呼《よ》び出《だ》すことができるんだ。そうすれば、一人前《いちにんまえ》に戦《たたか》うこともできるだろう」

クウはゲンジの顔《かお》をまっすぐ見上《みあ》げた。

「ゲンジさん、ぼくその契約《けいやく》を結《むす》びたいです。もう、こんなことはごめんだ」

「ふむ。どうかね、ツムジ」

〈おれさまはいいぜ、ゲンジ。このぼうず、気《き》に入《い》ったぜ〉

「それなら、ここで結《むす》んでしまおう」

ゲンジはふところから古《ふる》びた紙《かみ》を取《と》り出《だ》した。その紙《かみ》には、複雑《ふくざつ》なもようが書《か》き連《つら》ねてある。

「契約《けいやく》には、血判《けっぱん》が必要《ひつよう》だ。クウくん、指《ゆび》をすこしだけ切《き》る必要《ひつよう》がある」

クウは無言《むごん》でかまいたちのあしからのびる刃《やいば》に指《ゆび》をおしつけた。細《ほそ》い切《き》り傷《きず》から、うっすらと血《ち》が出《で》てくる。その血《ち》を親指《おやゆび》につけると、紙《かみ》におしつけた。続《つづ》いて、ツムジが同《おな》じように血《ち》で足跡《あしあと》をつける。

〈へへ、よろしくな、ぼうず〉

ツムジはどこかうれしそうに言《い》う。ゲンジは立《た》ち上《あ》がってスーツのほこりをはらった。

「さあ、これで契約成立《けいやくせいりつ》だ。幻獣園《げんじゅうえん》にもどろうか。テンカちゃんをなおさないとね」

幻獣園《げんじゅうえん》の広場《ひろば》に、石化《せきか》したテンカが立《た》たされている。アカリが調合《ちょうごう》してくれたむらさき色《いろ》の薬《くすり》を、クウは緊張《きんちょう》しつつわずかに開《ひら》いたテンカの口《くち》に流《なが》しこむ。

一秒《いちびょう》、二秒《にびょう》、三秒《さんびょう》。しばらくたっても、なんの変化《へんか》もない。クウはいても立《た》ってもいられなかった。失敗《しっぱい》したのだと確信《かくしん》し、口《くち》を開《ひら》きかけた瞬間《しゅんかん》――

ふぁあああ～。

口《くち》を大《おお》きく開《あ》けて、テンカがあくびをした。

「やった、やった！　テンカちゃんが元《もと》にもどった‼」

クウはテンカの手《て》をにぎり、ぶんぶんふって大《おお》よろこびする。

「あれ、わたし、幻獣園《げんじゅうえん》にいる……そうだ、バジリスクはどうなったの？」

「きみたちのおかげでバジリスクと卵《たまご》は無事《ぶじ》に幻獣園《げんじゅうえん》に転送《てんそう》されたよ。今《いま》は火《ひ》のエリアにある砂漠地帯《さばくちたい》にいる。卵《たまご》がふ化《か》したら、たずねてあげるといい」


数日後《すうじつご》。火《ひ》のエリアにある砂漠地帯《さばくちたい》を、クウとテンカはおとずれていた。産《う》まれて間《ま》もない、子《こ》どものバジリスクたちがくねくねと砂漠《さばく》をはい回《まわ》り、思《おも》い思《おも》いに過《す》ごしている。それを親《おや》のバジリスクがはなれて見守《みまも》っていた。

バジリスクの親《おや》には、アカリが用意《ようい》した特殊《とくしゅ》なゴーグルをつけている。魔眼《まがん》を無効《むこう》化《か》するためのアイテムだ。

バジリスクが、舌《した》をちろちろと出《だ》しながら、クウに語《かた》りかける。

〈ここはくらしやすい。私《わたし》たちのふるさとに似《に》ているし、子《こ》どもたちをおそう敵《てき》もいない。ありがとう、やさしき者《もの》よ〉

「よかったよ、イシノメ」

クウとテンカは、このヘビの王者《おうじゃ》をそう名《な》づけた。

「でも、きみたちはなんだって、あんな場所《ばしょ》にいたの？」

〈何者《なにもの》かが私《わたし》たちをとらえて、故郷《こきょう》から連《つ》れ去《さ》った。あの山《やま》に置《お》いていかれて、私《わたし》はどうすればいいのかわからなかった……〉

「やっぱり」

クウは、イシノメの言葉《ことば》を、テンカにも伝《つた》えた。

「でも、そんなことするのって……」

「ヘルハントしかいない」

幻獣《げんじゅう》をねらう密猟集団《みつりょうしゅうだん》、ヘルハント。クウとテンカは以前《いぜん》、ヘルハントからサラマンダーを救《すく》ったことがある。

（ぼくたちの存在《そんざい》はまだ気《き》づかれていないはずだけど……。どうしてヘルハントはわざわざ、甲神山《こうじんやま》にバジリスクを放《はな》ったのだろう？）

バジリスク

だれしもがおそれる蛇《へび》の王者《おうじゃ》

基本《きほん》データ

生息地《せいそくち》	砂漠《さばく》
出《しゅっ》身《しん》	ヨーロッパ
大《おお》きさ	平均《へいきん》20m《メートル》
重《おも》さ	平均《へいきん》1000kg《キログラム》
外見《がいけん》の特徴《とくちょう》	かたいうろこにおおわれている。頭頂部《とうちょうぶ》には王冠《おうかん》のようなトサカがある。
性《せい》格《かく》	臆病《おくびょう》で警戒心《けいかいしん》が強《つよ》い。
エサ	小動物《しょうどうぶつ》
その他《た》	キングコブラのように、頭《あたま》を持《も》ち上《あ》げてまっすぐ進《すす》む。

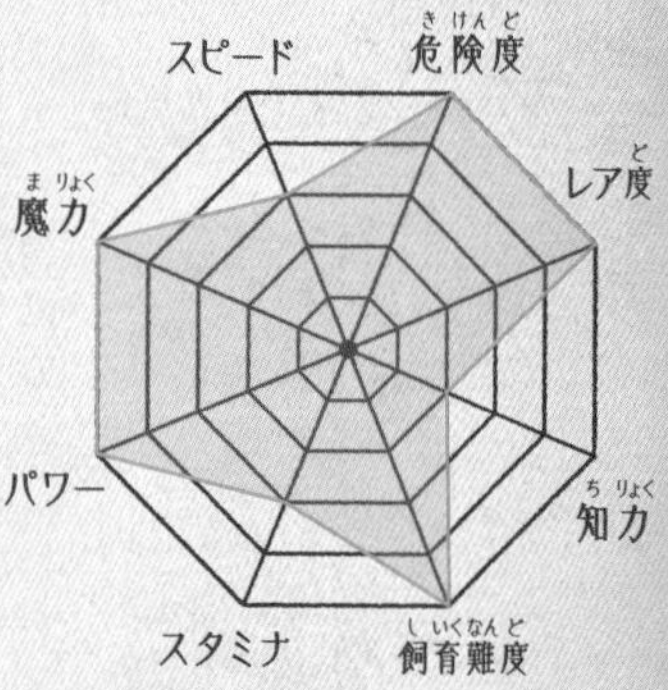

親《おや》は怪物《かいぶつ》メドゥーサ

ペルセウスが、見《み》た者《もの》を石《いし》にする怪物《かいぶつ》メドゥーサを退治《たいじ》し、その首《くび》を持《も》ってリビア砂漠《さばく》を通《とお》りかかったときに、首《くび》からしたたり落《お》ちたメドゥーサの血《ち》からバジリスクが生《う》まれたと言《い》われている。そのため、バジリスクはその視線《しせん》で生《い》き物《もの》を石《いし》にする能力《のうりょく》がある。古来《こらい》より、バジリスクをおそれる旅人《たびびと》は、その視線《しせん》をはねかえすために鏡《かがみ》を携帯《けいたい》していたという。

大地《だいち》を枯《か》らす猛毒《もうどく》

バジリスクの息《いき》、牙《きば》、血《ち》には猛毒《もうどく》がふくまれる。昔《むかし》、馬《うま》に乗《の》った戦士《せんし》がやりでバジリスクを刺《さ》したとき、毒《どく》がやりを伝《つた》い、戦士《せんし》と馬《うま》もろとも死《し》んだという。猛毒《もうどく》が皮《ひ》膚《ふ》につくと火傷《やけど》のようにただれ、体内《たいない》から血《ち》が吹《ふ》き出《だ》し、肉《にく》が溶《と》けてやがて骨《ほね》だけになってしまう。また、バジリスクが生息《せいそく》する場所《ばしょ》は毒《どく》によって植物《しょくぶつ》が枯《か》れるため、砂漠化《さばくか》しやすい。

BREEDING CORNER

飼育《しいく》コーナー　～雄鶏《おんどり》とイタチが苦手《にがて》～

じつは臆病《おくびょう》な性格《せいかく》で、バジリスクから人《にん》間《げん》を攻撃《こうげき》してくることはめったにない。石化視線《せきかしせん》を防《ふせ》ぐために目《め》かくしなどをしたうえで、むやみに刺激《しげき》しないようにしよう。目《め》が見《み》えなくても、空気中《くうきちゅう》のにおいや熱《ねつ》で周囲《しゅうい》を把握《はあく》できるので、大《おお》きな問題《もんだい》はない。また、バジリスクはイタチのにおいと雄鶏《おんどり》の鳴《な》き声《ごえ》をきらう。同《おな》じ空間内《くうかんない》で飼育《しいく》しないようにしよう。

アカリの魔《ま》法《ほう》人《にん》形《ぎょう》

GARDEN OF MYTHS AND LEGENDS

バジリスクの騒動《そうどう》から、数日《すうじつ》たったある日《ひ》。クウとテンカは幻獣園《げんじゅうえん》にやってきた。クウの胸《むね》はおどっていた。ゲンジから、重要《じゅうよう》な仕事《しごと》があると事前《じぜん》に言《い》われていたのだ。

スカイパラソルで広場《ひろば》におり立《た》った二人《ふたり》を、ゲンジが出迎《でむか》える。

「やあ、二人《ふたり》ともよく来《き》てくれたね」

「仕事《しごと》って、なんですか？」

クウがたずねると、ゲンジはおおげさに真剣《しんけん》な表情《ひょうじょう》で言《い》った。

「ああ、きみたちを呼《よ》んだのは他《ほか》でもない。幻獣園《げんじゅうえん》にとって最《もっと》も大事《だいじ》な仕事《しごと》を手伝《てつだ》ってもらうためだ」

「えー、もったいぶらないで、早《はや》く教《おし》えてくださいよ」

「ゲンジさんの様子《ようす》からすると、すごく深刻《しんこく》なことみたいだけど」

二人《ふたり》の緊張《きんちょう》した様子《ようす》に、ゲンジはわずかに笑《え》みをこぼした。

「さあどうかね。まずは、アカリさんの研究所《けんきゅうじょ》まで行《い》こう」

ゲンジとともにアカリの研究所《けんきゅうじょ》の前《まえ》までやってきたクウとテンカは、思《おも》わずその場《ば》に立《た》ちつくした。

研究所《けんきゅうじょ》の外《そと》までゴミがあふれかえっていたのだ。一週間前《いっしゅうかんまえ》におとずれたときもひどかったが、今《いま》はその何倍《なんばい》もひどい。

「……なに、このゴミの山《やま》？」

「もしかして、ゲンジさんのお願《ねが》いって……」

「そう、アカリさんの研究所《けんきゅうじょ》のゴミそうじだよ」

「えええ!?」

つみ上《あ》げられたゴミの山《やま》を見上《みあ》げ、テンカがうんざりした声《こえ》でつぶやく。

「……これ全部片付《ぜんぶかたづ》けるの？」

「これはまだ一部《いちぶ》だよ。研究所《けんきゅうじょ》の中《なか》も、大変《たいへん》なことになっているからね」

中《なか》をのぞくと、そこは外《そと》よりひどかった。ありとあらゆるガラクタが散《ち》らばり、足《あし》のふみ場《ば》がまるでない。

「アカリさんは研究《けんきゅう》に夢中《むちゅう》になると、他《ほか》のことをほったらかしにするくせがあってね。

だから定期的《ていきてき》に大《おお》そうじをしないといけないんだ」

「おや、ゴミとは失礼《しつれい》だね。どれひとつ取《と》ったって、すてていいものなんてない。アタシにとっては必要《ひつよう》なものばかりさ」

研究所《けんきゅうじょ》の奥《おく》から出《で》てきたのは、ジャージ姿《すがた》のアカリだった。心外《しんがい》だと言《い》わんばかりに、三《み》つ編《あ》みの頭《あたま》を左右《さゆう》にふっている。

「アカリさん、そうは言《い》っても限度《げんど》というものがある。このままでは、幻獣園《げんじゅうえん》がしずんでしまう」

「そんなわけあるかい。だが、たしかにすこし整理《せいり》が必要《ひつよう》だな」

ゲンジの悲痛《ひつう》な声《こえ》を受《う》けて、アカリはしぶしぶとうなずいた。

「でも、こんなにたくさん、ぼくたちだけじゃ無理《むり》ですよ」

「もちろん、あの子《こ》らにも手伝《てつだ》ってもらうさ」

そう言《い》うと、アカリは指《ゆび》をパチンと鳴《な》らした。

すると研究所《けんきゅうじょ》の奥《おく》から、人間《にんげん》の大人《おとな》と同《おな》じくらいの大《おお》きさをした、わらで編《あ》みこまれた人形《にんぎょう》たちがぞろぞろと出《で》てきた。

「あ、わら人形《にんぎょう》さんだ！」

テンカは声《こえ》を上《あ》げる。

わら人形《にんぎょう》はアカリがつくった発明品《はつめいひん》で、幻獣園《げんじゅうえん》のそうじや幻獣《げんじゅう》たちのエサやりなどを手伝《てつだ》っている。広《ひろ》い幻獣園《げんじゅうえん》をゲンジとアカリの二人《ふたり》だけでも管理《かんり》できているのは、かれらの力《ちから》があってこそなのだ。

「きみたちには、ゴミの分別《ぶんべつ》をやってもらい、わら人形《にんぎょう》たちに焼却炉《しょうきゃくろ》へ運《はこ》んでいってもらう」

「わかりました」

「よろしくね、わら人形《にんぎょう》さんたち」

テンカがあいさつをすると、わら人形《にんぎょう》たちもペコリとおじぎをかえす。

こうして、研究所《けんきゅうじょ》の大《おお》そうじが始《はじ》まった。

クウとテンカはアカリの指示《しじ》にしたがい、必要《ひつよう》なものとゴミを仕分《しわ》けていく。

「アカリさん、これすてていいですか？」

クウが得体《えたい》のしれない真《ま》っ黒《くろ》な液体《えきたい》が入《はい》ったびんを持《も》ち上《あ》げると、アカリの怒号《どごう》がかえってくる。

「だめだ！　それはクラーケンの墨《すみ》さ。最高級《さいこうきゅう》の代物《しろもの》なんだよ」

「本当《ほんとう》かなあ……」

文句《もんく》を言《い》いながら、クウとテンカはガラクタの山《やま》をかき分《わ》けていく。

わら人形《にんぎょう》たちはてきぱきと動《うご》き、次《つぎ》つぎとゴミを運《はこ》んでいた。自分《じぶん》の体《からだ》の三倍《さんばい》くらいある粗大《そだい》ごみも軽《かる》がると持《も》ち上《あ》げている。

「すごい、わら人形《にんぎょう》さんたちって力持《ちからも》ちなんだよね」

テンカがその働《はたら》きぶりに感心《かんしん》していると、クウはあることに気《き》づいた。

わら人形《にんぎょう》は、顔《かお》はみな同《おな》じだが、すらりとしたものもいれば、ずんぐりむっくりしたものもいて、びみょうにちがっているのだ。

「同《おな》じわら人形《にんぎょう》でもちがいがあるんですね」

「わら人形《にんぎょう》には意思《いし》があるわけじゃないが、人間《にんげん》の手《て》でつくる以上《いじょう》、いやでも個性《こせい》は生《う》まれる。個性《こせい》があると、愛着《あいちゃく》がわいてくるものだよ」

そんな話《はなし》をしていると、ずんぐりむっくりなわら人形《にんぎょう》がこてんとたおれて、動《うご》かなくなってしまった。

「こいつは大食《おおぐ》らいでね。すぐエネルギーが切《き》れるんだよねぇ」

そう言《い》いながらアカリはわら人形《にんぎょう》を背負《せお》い、研究所《けんきゅうじょ》のうらへと運《はこ》んでいく。

「アカリさん、わら人形《にんぎょう》さんのことを大切《たいせつ》に思《おも》ってるんだね」

テンカの言葉《ことば》に、クウは思《おも》わずほほえんだ。


二時間《にじかん》ほど作業《さぎょう》を進《すす》めたところで、ようやくめどがついてきた。わら人形《にんぎょう》の活躍《かつやく》もあって、ゴミの山《やま》も目《め》に見《み》えてへってきている。

研究所《けんきゅうじょ》の地下室《ちかしつ》におりてきたクウは、周《まわ》りを見《み》わたした。ここはどうやら物置《ものおき》になっているようだ。教室《きょうしつ》と同《おな》じくらいのスペースに、古《ふる》そうな本《ほん》や道具《どうぐ》があちこちにつみ上《あ》げられている。

ふと、クウは大《おお》きな物《もの》がすみに置《お》かれていることに気《き》づいた。布《ぬの》におおわれているが、なにか腕《うで》のようなものが飛《と》び出《だ》している。

「これ、なんですか？」

様子《ようす》を見《み》に来《き》たアカリに、クウがたずねる。

「おや、またなつかしいものを見《み》つけたね」

そう言《い》って、アカリはかかっていた布《ぬの》を取《と》った。その下《した》には、バラバラになった土《つち》の腕《うで》や足《あし》、胴体《どうたい》が置《お》かれている。アカリは目《め》を細《ほそ》めて、土《つち》のかたまりを見《み》つめた。

「そいつは、ゴーレムのパーツさ」

「なになに、ゴーレム？　なんだか聞《き》いたことあるような」

入《い》り口《ぐち》から、テンカがのぞきこむ。クウは思《おも》わず説明《せつめい》した。

「ゴーレムは石《いし》や土《つち》でできた、大《おお》きな人形《にんぎょう》だよ。昔《むかし》の魔法使《まほうつか》いが、ロボットみたいに使《つか》ったんだ」

「へえ。ちょっとわら人形《にんぎょう》さんみたいだね」

アカリはしみじみした様子《ようす》で、土《つち》のかたまりをそっとなでた。

「ちょうど、あんたたちと同《おな》じくらいの年《とし》のころかねぇ。こいつは、アタシが最初《さいしょ》につくったゴーレムなのさ」

「え？　アカリさんが？」

「ああ、そうさ。仕事《しごと》を手伝《てつだ》ってもらうためにつくったんだ。あのわら人形《にんぎょう》たちも、このゴーレムを元《もと》に設計《せっけい》したんだよ」

「じゃあ、わら人形《にんぎょう》たちの先輩《せんぱい》ってことだね」

「ああ、そうだね。こいつは、ほんとによく働《はたら》くやつでね。幻獣園《げんじゅうえん》には欠《か》かせない存《そん》在《ざい》だったさ。それに、そのころのアタシはまだ科学者《かがくしゃ》として駆《か》け出《だ》しでね。ゴーレムをつくるのもずいぶん苦労《くろう》したねぇ。設計図《せっけいず》を書《か》いて、材料《ざいりょう》を集《あつ》めて、実験《じっけん》と失敗《しっぱい》を重《かさ》ねて……だから、とくに思《おも》い入《い》れがあるのさ」

「それじゃ、ゴーレムはアカリさんの相棒《あいぼう》だったんだね」

昔《むかし》を思《おも》い出《だ》し楽《たの》しそうに語《かた》るアカリを見《み》て、テンカもつられてほほえんだ。

「相棒《あいぼう》……たしかに、そうかもしれないね」

「でも、どうしてそんな大事《だいじ》なゴーレムがこわれてるんですか？」

クウが質問《しつもん》する。アカリは一瞬《いっしゅん》、顔《かお》をくもらせたが、すぐに苦笑《くしょう》した。

「……まあ、いろいろあってね」

アカリは首《くび》をふり、パンパンと手《て》をたたいた。

「さあ、この話《はなし》はおしまい。ほら、そうじの続《つづ》きをやるよ」

そう言《い》うと、研究室《けんきゅうしつ》へもどっていってしまった。

アカリの有無《うむ》を言《い》わせない雰囲気《ふんいき》に、クウとテンカは顔《かお》を見合《みあ》わせた。

大《おお》そうじを続《つづ》けながら、クウはテンカにこっそりと相談《そうだん》をした。

「ねえ、テンカちゃん。あのゴーレム、なんとか修理《しゅうり》できないかな?」

「わたしも同《おな》じことを考《かんが》えてた」

アカリの相棒《あいぼう》だったゴーレムを復活《ふっかつ》させれば、きっとよろこんでくれるはずだ。

「問題《もんだい》はどうやって修理《しゅうり》するか、だけど……」

「まずは設計図《せっけいず》を探《さが》そう」

クウの提案《ていあん》に、テンカはうなずく。

「設計図《せっけいず》なら、さっきの地下室《ちかしつ》にあるかもしれない」

クウとテンカはこっそりと地下室《ちかしつ》にもどり、ゴミを分別《ぶんべつ》しながら設計図《せっけいず》を探《さが》しはじめた。

ほどなくして、テンカが声《こえ》を上《あ》げた。その手《て》には、巻物《まきもの》がにぎられている。

「あった！」

クウも駆《か》けよると、二人《ふたり》はいっしょに紙《かみ》をのぞきこんだ。ずいぶんと古《ふる》びた紙《かみ》だった。長《なが》い年月《としつき》で黄《き》ばみ、ぼろぼろになっている。書《か》かれている文字《もじ》は読《よ》めないが、表紙《ひょうし》にゴーレムと思《おも》われる絵《え》が描《えが》かれている。

「きっとこれだよ」

二人《ふたり》は休憩《きゅうけい》をとるとアカリに告《つ》げ、テラスへ向《む》かった。そこのいすにすわると、さっそく設計図《せっけいず》に目《め》を通《とお》す。

「細《こま》かい内容《ないよう》は理解《りかい》できないけど、組《く》み立《た》て方《かた》はなんとなくわかりそうだね」

クウが言《い》うと、テンカがあっと声《こえ》を上《あ》げた。図《ず》の一部《いちぶ》を指《ゆび》さす。

「この腕《うで》のパーツ。さっき、研究所《けんきゅうじょ》の地下《ちか》で見《み》たやつだよ」

「そして、これが頭《あたま》の部分《ぶぶん》だ。うん、あそこにあるパーツで組《く》み立《た》てられるんじゃないかな？」

すでに陽《ひ》は落《お》ち、帰宅《きたく》の時間《じかん》が近《ちか》づいていた。二人《ふたり》は急《いそ》いで研究所《けんきゅうじょ》の地下室《ちかしつ》にもどると、さきほど見《み》つけた土《つち》のパーツを確認《かくにん》する。

「もっと広《ひろ》い場所《ばしょ》で組《く》み立《た》てた方《ほう》がいいかな？」

だが、部品《ぶひん》はどれも重《おも》たく二人《ふたり》では運《はこ》ぶことができない。

「まあ、組《く》み立《た》てるだけならここでもいいんじゃない？」

設計図《せっけいず》を見《み》ながら、二人《ふたり》は作業《さぎょう》を始《はじ》めた。重《おも》い部品《ぶひん》はわら人形《にんぎょう》に手伝《てつだ》ってもらいつつ、ゴーレムの各《かく》パーツを組《く》み上《あ》げていく。ジョイントの向《む》きが合《あ》っておらず、うまく組《く》めなかったり、間違《まちが》って足《あし》と腕《うで》のパーツをはめてしまったりと、作業《さぎょう》は苦労《くろう》の連《れん》続《ぞく》だった。それでも、まるで大《おお》きなプラモデルをつくっているみたいで、クウはわくわくした。

ようやく、最後《さいご》の頭部《とうぶ》パーツをつなぎ合《あ》わせると、全長《ぜんちょう》３ｍ《メートル》にもなるゴーレムができあがった。

「やったね、クウ！」

二人《ふたり》は、ゴーレムが目《め》を覚《さ》ますのをじっと待《ま》った。だが、いくら待《ま》っても、ゴーレムはいっこうに動《うご》き出《だ》す気配《けはい》がない。

「なんで？　全然起《ぜんぜんお》きないよ」

しびれを切《き》らしたテンカは、ゴーレムの耳元《みみもと》に大声《おおごえ》で呼《よ》びかける。

「ゴーレムさん、起《お》きてー！　朝《あさ》だよー」

だが、いくらさけんでも動《うご》かない。

その後《ご》、二人《ふたり》はぺちぺちとたたいたり、歌《うた》を歌《うた》ったりと、ありとあらゆる方法《ほうほう》をためした。だが、どれも効果《こうか》がなかった。

仕方《しかた》がないので、その日《ひ》は切《き》り上《あ》げ、次《つぎ》の日《ひ》にまた出直《でなお》すことになった。念《ねん》のため、ゴーレムの上《うえ》に布《ぬの》をかぶせると、二人《ふたり》は幻獣園《げんじゅうえん》を後《あと》にした。


翌日《よくじつ》の放課後《ほうかご》、クウとテンカは近所《きんじょ》の公園《こうえん》のベンチで話《はな》し合《あ》いをしていた。

「どうして動《うご》かないんだろう？」

いったい、なにが足《た》りないのだろうとクウが首《くび》をひねっていると――。

「動《うご》かないって、なんの話《はなし》？」

通《とお》りがかりのケントが、声《こえ》をかけてきた。塾《じゅく》にでも行《い》くところだったのか、リュックサックを背負《せお》っている。

「あ、ケントくん」

「やあ。二人《ふたり》とも、いつになく深刻《しんこく》そうな顔《かお》だね」

(幻獣《げんじゅう》にくわしいケントくんなら、なにかわかるかもしれない)

「じつはゴーレムのことでなやんでいて……」

「え？　ゴーレム？」

ケントは目《め》をかがやかせて、身《み》を乗《の》り出《だ》した。

「うん、それがね……」

しかし、クウはテンカに突然服《とつぜんふく》を引《ひ》っぱられ、小声《こごえ》で注意《ちゅうい》された。

「わすれたの？　幻獣園《げんじゅうえん》のことは秘密《ひみつ》なんだよ」

「幻獣園《げんじゅうえん》のことを言《い》わなければいいんでしょ？　幻獣《げんじゅう》にくわしいケントくんなら、なにか気《き》づけるかもしれないよ」

クウも同様《どうよう》に小声《こごえ》でかえす。

「そうかもしれないけど、よく考《かんが》えて話《はなし》をしてってこと」

テンカの剣幕《けんまく》にクウはしぶしぶとうなずいた。ケントは、不思議《ふしぎ》そうに二人《ふたり》のやりとりをながめている。

「もしかして、きみたちゴーレムをつくろうとしてるの？」

「あはは、まさか。そんなわけないでしょ。わたしたちが話《はな》してたのは、もしもの話《はなし》」

テンカはそう笑《わら》ってごまかした。

「もしも、ねえ……」

ケントはいぶかしげに二人《ふたり》を見《み》つめる。

「そうそう。もしもの話《はなし》。もしも、ゴーレムを自分《じぶん》で組《く》み立《た》ててみて、それでも動《うご》かなかったら……って話《はなし》をしてたんだ」

テンカは、幻獣園《げんじゅうえん》で実物《じつぶつ》を発見《はっけん》したことはふせて、あたかも想像《そうぞう》の話《はなし》のように状況《じょうきょう》を説明《せつめい》した。

話《はなし》を聞《き》いたケントは、うーんと腕組《うでぐ》みをして考《かんが》える。

「なるほど、動《うご》かないゴーレムか……」

「部品《ぶひん》は全部《ぜんぶ》そろってるはずなんだけど……。原因《げんいん》があるとしたらどんなことが考《かんが》えられるかな？」

ケントはしばらく考《かんが》えこんだあと、おもむろに口《くち》を開《ひら》いた。

「だとしたら……『エメス』かな」

「エメス？」

首《くび》をひねるテンカに対《たい》して、クウは思《おも》わず額《ひたい》をたたいた。

（そうだった！　すっかりわすれてた……）

「クウくんなら知《し》ってるよね？　エメスっていうのはユダヤ人《じん》の言葉《ことば》で『真理《しんり》』という意味《いみ》だよ」

ケントは紙《かみ》とペンを取《と》り出《だ》し、『Ｅ《エ》ｍ《メ》ｅｔ《ス》ｈ』とノートの端《はし》に書《か》いてみせる。

「つづりはこう。羊皮紙《ようひし》っていう、動物《どうぶつ》の皮《かわ》で作《つく》られた紙《かみ》にこの文字《もじ》を書《か》いて、組《く》み立《た》てたゴーレムの口《くち》に入《い》れるんだ。そうすると、ゴーレムは動《うご》き出《だ》すと言《い》われてるんだよ」

「へえ、そうなんだ。ケントくん、よく知《し》ってるね」

すらすらとむずかしい言葉《ことば》が出《で》てくるケントに、テンカは感心《かんしん》した声《こえ》を上《あ》げる。

ケントはにこにこしているクウに気《き》づき、首《くび》をかしげた。

「クウくん、どうしたんだい？」

「ケントくんって、幻獣《げんじゅう》とか伝説《でんせつ》のこと、すごく楽《たの》しそうに話《はな》すなあって」

「え？　ボクが？　……そうかな」

「うん！　ぼくも大好《だいす》きだからわかるよ。やっぱりケントくんも同《おな》じなんだね」

うれしそうに話《はな》すクウに、ケントもつられたようにふふっとほほえむ。

「そうだね。いつか本物《ほんもの》の幻獣《げんじゅう》に出会《であ》えたらって、いつも考《かんが》えてるよ」

ケントの言葉《ことば》にクウは思《おも》わず幻獣園《げんじゅうえん》のことを話《はな》したい気持《きも》ちにかられた。ゲンジにも、後《あと》から説明《せつめい》すればきっと納得《なっとく》してもらえるのではないだろうか？

だが、テンカに視線《しせん》でくぎをさされてしまう。

（もう、わかってるって）

結局《けっきょく》、お礼《れい》を伝《つた》えただけで、ケントとはその場《ば》で別《わか》れた。

次《つぎ》の日《ひ》、早起《はやお》きしたクウとテンカは学校《がっこう》へ登校《とうこう》する前《まえ》に幻獣園《げんじゅうえん》に向《む》かった。

昨日《きのう》ケントに教《おし》えられた方法《ほうほう》をすこしでも早《はや》く試《ため》したいと思《おも》ったからだ。

二人《ふたり》はさっそくアカリの研究室《けんきゅうしつ》から羊皮紙《ようひし》を見《み》つけ出《だ》すと、『Ｅｍｅｔｈ《エメス》』と書《か》き、地下室《ちかしつ》に持《も》って行《い》った。ゴーレムをおおっていた布《ぬの》を取《と》り、羊皮紙《ようひし》を口《くち》に入《い》れる。半《はん》分《ぶん》ほど入《い》れたところで、カチッという音《おと》がした。

すると……ゴーレムの目《め》に、ぼうっと青色《あおいろ》の光《ひかり》がともった。きしむような音《おと》を立《た》てながら、ゆっくりと上体《じょうたい》を起《お》こす。

「う、動《うご》いた！」

クウとテンカは手《て》を取《と》り合《あ》うと、その場《ば》で小《こ》おどりをした。

ゴーレムは立《た》ち上《あ》がると、指示《しじ》を待《ま》つように止《と》まった。

「ケントくんの言《い》った通《とお》りだったね」

「学校《がっこう》が終《お》わったらアカリさんを呼《よ》んでこよう。よろこぶだろうなあ」

そう言《い》って、二人《ふたり》はゴーレムをそのままに、地下室《ちかしつ》をあとにした。

その日《ひ》の放課後《ほうかご》、テンカとクウはふたたびアカリの研究所《けんきゅうじょ》をおとずれた。庭《にわ》で筋《きん》トレをするアカリを見《み》つけると、彼女《かのじょ》を地下室《ちかしつ》の方《ほう》へ引《ひ》っぱっていく。

「急《きゅう》になんの用《よう》だい？」

にこにことうれしそうなクウとテンカに、アカリが不思議《ふしぎ》そうにたずねる。

「実《じつ》はぼくたち、ゴーレムを組《く》み立《た》ててみたんです」

「なんだって!?」

クウの言葉《ことば》に、アカリは研究所《けんきゅうじょ》の入《い》り口《ぐち》の手前《てまえ》で足《あし》を止《と》めた。

（あれ、思《おも》っていた反応《はんのう》とちがうぞ？）

アカリはうれしいというより、とまどったような顔《かお》をしていた。

だが、やがてアカリは覚悟《かくご》を決《き》めたように頭《あたま》をふり、言《い》った。

「……いいかげん、向《む》き合《あ》うときがやってきたのかもしれないね」

「え？　どういうこと？」

アカリの言《い》っている意味《いみ》がわからず、クウは首《くび》をかしげる。

「じつはねえ……ゴーレムをこわすことになった原因《げんいん》は、アタシなんだよ」

「ええ!?」

アカリの告白《こくはく》にクウとテンカは思《おも》わず言葉《ことば》をうしなってしまう。

「かつて、ゴーレムはアタシの相棒《あいぼう》として、幻獣園《げんじゅうえん》を運営《うんえい》するために働《はたら》いていた。だが、ある日《ひ》アタシは実験《じっけん》に没頭《ぼっとう》してしまい、うっかり口《くち》に入《い》れた羊皮紙《ようひし》を取《と》り出《だ》すのをわすれてしまったんだ。ゴーレムにはひとつ、守《まも》らなければならない大事《だいじ》なルールがある。それは『Ｅｍｅｔｈ《エメス》』と書《か》いた紙《かみ》を取《と》り出《だ》すのをわすれないこと。それをおこたると、暴走状態《ぼうそうじょうたい》となり、だれも止《と》めることができなくなってしまうのさ。結果《けっか》、アタシのゴーレムは幻獣園内《げんじゅうえんない》を破壊《はかい》しはじめてしまった……。アタシはなやんだ末《すえ》に、被害《ひがい》をおさえるため、やむなくゴーレムを破壊《はかい》したのさ」

「そんな……」

「それ以来《いらい》、あいつには合《あ》わせる顔《かお》がなくてね」

「アカリさんの気持《きも》ちも知《し》らず、勝手《かって》に復活《ふっかつ》させてごめんなさい」

テンカが神妙《しんみょう》な顔《かお》で頭《あたま》を下《さ》げる。クウもいっしょに頭《あたま》を下《さ》げた。

だが、アカリは苦笑《くしょう》した。

「あんたたちがあやまることじゃないよ」

ふと、クウはいやな予感《よかん》がした。さきほどのアカリの話《はなし》を思《おも》いかえす。

「アカリさん、さっきゴーレムが暴走《ぼうそう》した原因《げんいん》が、真理《しんり》の紙《かみ》を取《と》り出《だ》すのをわすれてたからって言《い》いました？」

「そうさ、ゴーレムを休《やす》ませるときは、かならずあれを外《はず》さないといけないんだよ」

アカリの説明《せつめい》にクウとテンカはみるみる血《ち》の気《け》をうしなっていく。

「テンカちゃん。ゴーレムを起動《きどう》してからどれくらいたったっけ？」

「えっと、朝《あさ》からだから……八時間《はちじかん》くらい？」

「なんだって！　それじゃあ……」

そのとき、研究所《けんきゅうじょ》から壁《かべ》をはげしくたたく音《おと》がひびいてきた。

ふりかえると、ちょうど壁《かべ》を突《つ》きやぶるようにして、ゴーレムが姿《すがた》をあらわした。

その目《め》は赤《あか》く不気味《ぶきみ》に光《ひかり》を放《はな》っている。

「まずいね……暴走状態《ぼうそうじょうたい》だ」

「ごめんなさい、アカリさん。ぼくたちのせいで……」

「あやまるのはあと。今《いま》はゴーレムを止《と》めることが先《さき》だよ」

そう言《い》ってアカリは、ポケットから赤《あか》いボタンの付《つ》いたリモコンを取《と》り出《だ》した。

「わら人形《にんぎょう》たち、力《ちから》を貸《か》しておくれ！」

アカリがそのボタンをおすと、どこからともなくわら人形《にんぎょう》たちが集《あつ》まりはじめた。

集《あつ》まったわら人形《にんぎょう》たちは、わらでできた体《からだ》をねじって次《つぎ》つぎと結《むす》びついていく。そして、あっという間《ま》にひとつの巨大《きょだい》なわら人形《にんぎょう》へと姿《すがた》を変《か》えた。

「が、合体《がったい》しちゃった……」

「わら人形《にんぎょう》さんたち、こんなこともできるの!?」

合体《がったい》した巨大《きょだい》わら人形《にんぎょう》はゆっくりとゴーレムに近《ちか》づいていき、ゴーレムの腕《うで》をつかんだ。

ゴーレムははげしくあばれ、ふりほどこうとする。だが、わら人形《にんぎょう》の手《て》の先《さき》からのびる細《ほそ》いわらが巻《ま》きつき、身動《みうご》きを取《と》らせない。

「がんばれー！　わら人形《にんぎょう》さんたち！」

「すごい、これならゴーレムを止《と》められるかもしれない……」

「残念《ざんねん》だけど、長《なが》くはもたないよ。こいつらはエネルギーの消耗《しょうもう》がはげしいんだ」

「じゃあ、どうするの？」

アカリは残念《ざんねん》そうに首《くび》をふった。

「……前《まえ》と同《おな》じだよ。破壊《はかい》して止《と》める」

「え!? でも、あのゴーレムはアカリさんの大切《たいせつ》な相棒《あいぼう》なんでしょ」

悲痛《ひつう》な声《こえ》を上《あ》げるテンカに、アカリは首《くび》をふる。

「ゴーレムに心《こころ》はない。つくったアタシに対《たい》してもなんの感情《かんじょう》も持《も》っていない……。だから、あんたたちが心《こころ》を痛《いた》める必要《ひつよう》なんてどこにもないのさ」

「で、でも……」

「迷《まよ》ってる時間《じかん》はないよ」

「それでも……やっぱり、ぼくはいやです」

静《しず》かにアカリを見上《みあ》げ、クウは反対《はんたい》する。

「聞《き》き分《わ》けのないこと言《い》うんじゃないよ。あんなのは、ただの人形《にんぎょう》じゃないか」

「本当《ほんとう》にゴーレムをただの人形《にんぎょう》だと思《おも》ってるなら、どうしてそんなにつらそうなんですか？」

クウの言葉《ことば》にアカリはおどろいたように目《め》を見開《みひら》いた。

「アタシが……？」

ふっと、その表情《ひょうじょう》がやわらいだ。アカリはやれやれと苦笑《くしょう》する。

「……そうだね、いつまでも自分《じぶん》の気持《きも》ちにうそをついちゃいけないねえ」

そう言《い》って、毅然《きぜん》とゴーレムを見上《みあ》げる。

「アカリさん、こわす以外《いがい》に暴走《ぼうそう》したゴーレムを止《と》める方法《ほうほう》はないんですか？」

クウの質問《しつもん》にアカリが腕組《うでぐ》みをして考《かんが》える。

「そうだね、『Ｅｍｅｔｈ《エメス》』の書《か》かれた紙《かみ》からＥ《イー》の文字《もじ》を消《け》せればあるいは……」

「Ｅ《イー》を消《け》す？」

「真理《しんり》を意味《いみ》する『Ｅｍｅｔｈ《エメス》』を、死《し》を意味《いみ》する『ｍｅｔｈ《メス》』に書《か》きかえることで、強制的《きょうせいてき》に停止《ていし》させるのさ」

クウはふと、巨大《きょだい》わら人形《にんぎょう》と組《く》み合《あ》っているゴーレムを見《み》た。その口《くち》から、半分《はんぶん》飛《と》び出《だ》した羊皮紙《ようひし》が見《み》えている。

「それじゃ、あの文字《もじ》を消《け》せれば……」

「わたしがやるよ！　ちょっと待《ま》ってて」

テンカはかばんからペンを取《と》り出《だ》すと、ゴーレムの元《もと》へ駆《か》け出《だ》した。そのまま、ゴーレムの体《からだ》に飛《と》び乗《の》ろうとする。

「テンカちゃん、あぶない！」

「わっ！」

あえなくテンカは、ふり落《お》とされてしまった。

「あのときも同《おな》じだったよ。アタシは飛《と》び乗《の》って文字《もじ》を消《け》そうとしたけど、あばれるゴーレムに歯《は》が立《た》たなかった」

「だったら、なにか遠《とお》くからねらう方法《ほうほう》はありませんか？」

「遠《とお》くからねらう、か。それなら……」

クウの提案《ていあん》にアカリはふむと考《かんが》えこんだ。

「なにかいいアイテムがあるんですか？」

「いいや、そんなものはない。すくなくとも……今《いま》はね」

Emeth

アカリはにやりと不敵《ふてき》な笑《え》みを浮《う》かべた。

「わら人形《にんぎょう》たち、すまないけど、もうすこしだけがんばっておくれ」

そう声《こえ》をかけると、アカリは急《いそ》いで研究所《けんきゅうじょ》へと向《む》かった。


アカリが研究所《けんきゅうじょ》に入《はい》ってから数分後《すうふんご》。奮闘《ふんとう》していた巨大《きょだい》わら人形《にんぎょう》も、ついにエネルギーが切《き》れ、ゴーレムに引《ひ》きはがされはじめた。ブチブチとわらがちぎれる音《おと》がする。

「ああ、わら人形《にんぎょう》さんが！」

テンカが悲痛《ひつう》なさけび声《ごえ》を上《あ》げる。そこへ、アカリが研究所《けんきゅうじょ》から駆《か》けもどってきた。

「二人《ふたり》とも待《ま》たせたね」

その腕《うで》には、イカのような形《かたち》をした凧《たこ》がかかえられている。それを操作《そうさ》するとおぼしきコントローラーも持《も》っている。

「なにそれ？　ラジコン？」

「巨大海中生物《きょだいかいちゅうせいぶつ》クラーケンの墨《すみ》を搭載《とうさい》した、特別《とくべつ》な凧型《たこがた》のラジコンさ。名《な》づけて、

『イカイト』」

(なるほど。イカなのにタコってことか)

思《おも》わず感心《かんしん》してしまうクウだったが、そんな場合《ばあい》ではないと、あわてて頭《あたま》をふる。

「これで、どうやってゴーレムを止《と》めるの?」

「このイカイトの十本《じゅっぽん》の足《あし》の先端《せんたん》には、クラーケンの墨《すみ》が入《はい》ったミサイルが装《そう》てんされている。ミサイルの着弾《ちゃくだん》と同時《どうじ》に、墨《すみ》をぶちまけることができるのさ」

「そうか、これで真理《しんり》の紙《かみ》をねらうのね」

「でも、アカリさん。さっきは都合《つごう》のいいものなんてないって……」

「ああ、そうさ。だからつくったんだ」

「つくった!? この時間《じかん》で?」

二人《ふたり》の顔《かお》を見《み》て、アカリは大《おお》きく口《くち》を開《あ》けて笑《わら》った。

「言《い》ったじゃないか。研究所《けんきゅうじょ》にあるのはゴミじゃない、全部必要《ぜんぶひつよう》なものだって」

そう説明《せつめい》をしている間《あいだ》にも、ゴーレムはクウたちの方《ほう》へ向《む》かって歩《ある》き出《だ》している。

「さあ、時間《じかん》がないよ」

「アカリさん、ぼくにやらせてください」

そう宣言《せんげん》し、クウはコントローラーを手《て》に取《と》った。アカリからかんたんな説明《せつめい》を受《う》けて、起動《きどう》ボタンをおすと、イカイトはウィンウィンと音《おと》を立《た》てて上空《じょうくう》へと舞《ま》い上《あ》がっていく。

クウはイカイトをゴーレムに近《ちか》づけた。すると、ゴーレムが気《き》づき、クウたちからはなれていく。

「クウ、うまいじゃん！」

十分《じゅうぶん》に引《ひ》きはなしたところで、今度《こんど》はゴーレムの頭上《ずじょう》で旋回《せんかい》させる。

「墨《すみ》ミサイル発射《はっしゃ》！」

クウはかけ声《ごえ》とともに、コントローラーの赤《あか》いボタンをおした。二発《にはっ》の墨入《すみい》りミサイルがイカイトから飛《と》び出《だ》す。続《つづ》けて、もう二発《にはっ》。

発射《はっしゃ》されたミサイルは、ゴーレムの顔《かお》をめがけて一直線《いっちょくせん》に飛《と》んでいく。しかし……もうすこしのところで、ふり回《まわ》される腕《うで》にたたき落《お》とされてしまった。

「ああ、おしい！」

「クウ、もっと近《ちか》づかないと！」

くやしがるクウに、テンカが助言《じょげん》をする。

クウはふたたびイカイトを近《ちか》づけると、今度《こんど》はより近《ちか》くからミサイルを放《はな》とうとした。だが、ゴーレムの動《うご》きは思《おも》った以上《いじょう》に機敏《きびん》で、イカイトに向《む》かって勢《いきお》いよく腕《うで》をふり上《あ》げた。

「うわっ！」

ぎりぎりのところで、クウはイカイトを旋回《せんかい》させ、なんとか回避《かいひ》する。しかし勢《いきお》いで赤《あか》いボタンをおしてしまい、ミサイルが二本《にほん》、的外《まとはず》れな方向《ほうこう》へ飛《と》んでいってしまった。

イカイトの足《あし》に装《そう》てんされた墨《すみ》は全部《ぜんぶ》で十本《じゅっぽん》。残《のこ》りは四本《よんほん》しかない。

クウはイカイトを上空《じょうくう》で旋回《せんかい》させたまま、ゴーレムの様子《ようす》をうかがう。

(すこしでも動《うご》きが止《と》まってくれれば、ねらうことができるのに……)

そう思《おも》いながら、クウがイカイトを操縦《そうじゅう》していると……ふいにゴーレムがこちらを向《む》いた。その目《め》が、不気味《ぶきみ》に赤《あか》く光《ひか》る。

ゴーレムは、思《おも》い出《だ》したようにクウたちの方《ほう》へ向《む》かってきた。クウは必死《ひっし》にイカイトで気《き》をそらそうとするが、効果《こうか》はない。ふり回《まわ》される腕《うで》で、イカイトを近《ちか》づけることさえむずかしい。その間《あいだ》に、さらに二発《にはつ》のミサイルを使《つか》ってしまった。

ふいに、アカリが動《うご》いた。クウたちとゴーレムの間《あいだ》に立《た》ち、腰《こし》に手《て》を当《あ》てる。

「止《と》まりな！」

一瞬《いっしゅん》、アカリとゴーレムの視線《しせん》が交錯《こうさく》したように、見《み》えた。

その瞬間《しゅんかん》……ゴーレムのふり回《まわ》す腕《うで》が止《と》まった。

クウははっとしながら、そのすきを逃《のが》さなかった。コントローラーをにぎりしめ、イカイトを一気《いっき》に加速《かそく》させると、ゴーレムの顔近《かおちか》くまで近《ちか》づける。

「今《いま》だ！」

すれちがいざま、イカイトは墨入《すみい》りのミサイルをゴーレムの顔《かお》に向《む》かって発射《はっしゃ》した。

二本《にほん》のミサイルは一直線《いっちょくせん》に『Ｅｍｅｔｈ《エメス》』と書《か》かれた紙《かみ》に向《む》かい、墨《すみ》を噴射《ふんしゃ》した。

端《はし》の文字《もじ》『Ｅ《イー》』が、黒《くろ》ぐろとした墨《すみ》によってかき消《け》される。

Ｅｍｅｔｈ《エメス》の文字《もじ》が、『ｍｅｔｈ《メス》』に変《か》わった。

すると、ゴーレムの目《め》の中《なか》の赤《あか》い光《ひかり》がふっと消《き》えた。ゴゴゴゴ……とゆっくりとひざをつき、完全《かんぜん》に動《うご》きを止《と》める。

「やったあ！　やるじゃん、クウ」

歓喜《かんき》の声《こえ》を上《あ》げるテンカ。

それを横目《よこめ》にクウはイカイトを着陸《ちゃくりく》させ、ふうと一息《ひといき》ついた。

「クウ、よくやったじゃないか」

ねぎらいの言葉《ことば》をかけるアカリに、クウは首《くび》を横《よこ》にふる。

「ぼくの力《ちから》じゃないです。さっき、ゴーレムは一瞬《いっしゅん》動《うご》きを止《と》めましたよね」

「そうかい？」

「わたしも見《み》えたよ。まるで、暴走《ぼうそう》する自分《じぶん》をおさえこんでいるみたいだった」

テンカもうなずく。

「……どうだかねえ。ゴーレムに、心《こころ》はないはずなんだが。どうなんだい？」

たずねるようにアカリはゴーレムを見上《みあ》げる。しかし、動《うご》きを止《と》めたゴーレムは、当然《とうぜん》なにも語《かた》らない。

その顔《かお》は無表情《むひょうじょう》でありながら、どこかほこらしげにも見《み》えた。

meth

「……まあ、そうだといいねえ」

そう言《い》うと、アカリはふっとほほえんだ。

その後《あと》、アカリはわら人形《にんぎょう》たちに協力《きょうりょく》してもらい、ゴーレムをふたたび地下室《ちかしつ》へと運《はこ》び入《い》れた。

ゴーレムについてもっと知《し》りたいというクウは、図書館《としょかん》へと向《む》かった。残《のこ》されたテンカは、先《さき》に家《いえ》に帰《かえ》ろうと、研究所《けんきゅうじょ》を出《で》ようとする。

研究所《けんきゅうじょ》の入《い》り口《ぐち》でふと、アカリはテンカを呼《よ》び止《と》めた。

「テンカ、ちょっといいかい？」

「なあに？」

「すこし気《き》になることがあってね。あのゴーレムの起動方法《きどうほうほう》は、だれに教《おそ》わったんだい？」

「ケントくんっていう、クウの友達《ともだち》。最近《さいきん》、わたしたちの学校《がっこう》に転校《てんこう》してきたの」

テンカは、ゴーレムの起動方法《きどうほうほう》についてケントに教《おそ》わったことを話《はな》した。

すると、アカリはけげんな顔《かお》をした。

「……その子《こ》には注意《ちゅうい》しといた方《ほう》がいいかもしれないね」

「え？　どうして？」

「じつは最近《さいきん》、ヘルハントが妙《みょう》な動《うご》きをしていてね。どうも、あんたたちのことに気《き》づいたみたいなのさ。幻獣園《げんじゅうえん》を探《さぐ》るために、あんたたちの周《まわ》りをかぎまわっていても不思議《ふしぎ》じゃない」

「……それが、ケントくんだってこと？」

おどろくテンカに、アカリがうなずく。

「可能性《かのうせい》は高《たか》いと思《おも》うね」

「でも、ケントくんはまだ子《こ》どもだよ？」

「子《こ》どもの周《まわ》りを探《さぐ》るのに、子《こ》ども以上《いじょう》の適任《てきにん》がいるかい？　もちろん、確実《かくじつ》な話《はなし》じゃあないし、むやみにうたがうのもよくない。ただ、もしもの場合《ばあい》にそなえることも大事《だいじ》だってことさ」

アカリの忠告《ちゅうこく》に、テンカはゆっくりとうなずく。しかし、クウのうれしそうな顔《かお》を思《おも》い出《だ》すと、気持《きも》ちはしずむばかりだった。

ゴーレム

魔術《まじゅつ》によって生《う》まれた意思《いし》を持《も》たない人形《にんぎょう》

基本《きほん》データ

生息地《せいそくち》	草原《そうげん》、遺跡《いせき》
出《しゅっ》　身《しん》	ヨーロッパ・中東《ちゅうとう》アジア
大《おお》きさ	2〜10m《メートル》
重《おも》　さ	20〜1000kg《キログラム》（素材《そざい》によって変《か》わる）
外見《がいけん》の特徴《とくちょう》	人《ひと》の形《かたち》をしている。
特《とく》　性《せい》	つくった人《ひと》の指示《しじ》にしたがう。
エ　サ	食《た》べない
その他《た》	さまざまな素材《そざい》を使《つか》ったゴーレムがいる。

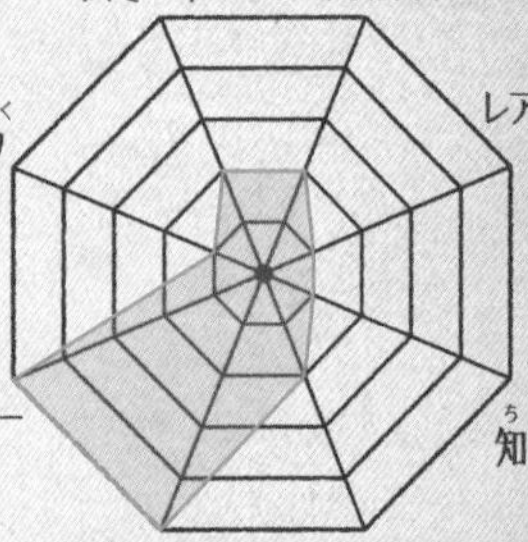

自分《じぶん》の意思《いし》を持《も》たない人形《にんぎょう》

ゴーレムは人間《にんげん》が特別《とくべつ》な魔術《まじゅつ》を用《もち》いてつくる人形《にんぎょう》だ。原料《げんりょう》となる物質《ぶっしつ》で人型《ひとがた》をつくり、その口《くち》に『Emeth《エメス》（真理《しんり》という意味《いみ》）』と書《か》いた羊皮紙《ようひし》（羊《ひつじ》などの動物《どうぶつ》の皮《かわ》から作《つく》った紙《かみ》）を入《い》れることで動《うご》き出《だ》す。人《ひと》の言葉《ことば》を理解《りかい》し、主人《しゅじん》の命令《めいれい》にしたがって動《うご》くことはできるが、自分《じぶん》の意思《いし》は持《も》っていない。プログラム通《どお》りに動《うご》くロボットに近《ちか》い存在《そんざい》だ。

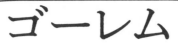

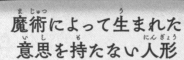

用途《ようと》に合《あ》わせた素材選《そざいえら》び

人間《にんげん》の手助《てだす》けをするためにつくられたゴーレム。その材《ざい》料《りょう》は石《いし》や土《つち》のイメージが強《つよ》いが、他《ほか》の素材《そざい》でもつくることが可能《かのう》だ。例《たと》えば、木《き》でつくられた『ウッドゴーレム』、泥《どろ》でつくられた『マッドゴーレム』、氷《こおり》でつくられた『アイスゴーレム』などが存《そん》在《ざい》する。場面《ばめん》に合《あ》わせた素《そ》材《ざい》選《えら》びができれば、ゴーレムは力《ちから》をより発揮《はっき》するだろう。

BREEDING CORNER

飼育《しいく》コーナー　～紙《かみ》の取《と》り出《だ》し忘《わす》れに注意《ちゅうい》～

人間《にんげん》の命令《めいれい》に忠実《ちゅうじつ》なゴーレムは、お世《せ》話《わ》をするのも比較的《ひかくてき》楽《らく》だ。だがあつかう際《さい》に、重要《じゅうよう》な注意点《ちゅういてん》がある。それは真理《しんり》の紙《かみ》を、取《と》り出《だ》しわすれないことだ。ゴーレムは紙《かみ》を入《い》れっぱなしにすると、命令《めいれい》を聞《き》かずに暴走《ぼうそう》してしまう。あばれるゴーレムの口《くち》から紙《かみ》を取《と》り出《だ》すことはとてもむずかしいので、わすれ物《もの》が多《おお》いうっかり者《もの》は要注意《ようちゅうい》だ。

ネコ狩《が》り

GARDEN OF MYTHS AND LEGENDS

ある日《ひ》の昼休《ひるやす》み。テンカは一人《ひとり》、教室《きょうしつ》でぼんやりと外《そと》をながめていた。ときどきため息《いき》をついては、頭《あたま》をふる。

となりのクラスから来《き》たクウが、その様子《ようす》を見《み》て心配《しんぱい》そうに近《ちか》づいてきた。

「テンカちゃん、どうしたの？　外《そと》で遊《あそ》ばないなんてめずらしいじゃん」

「ちょっと心配《しんぱい》なことがあって。うちの近所《きんじょ》に、ナツメっていう地域《ちいき》ネコがいるんだけど……」

「地域《ちいき》ネコ？」

聞《き》きなれない言葉《ことば》に、クウは首《くび》をかしげる。

「地域《ちいき》ネコっていうのは、だれか飼《か》い主《ぬし》がいるわけじゃないけど、地域《ちいき》みんなでめんどうを見《み》ているネコのことをいうの。ナツメはとくにかわいがられていた地域《ちいき》ネコでね……」

そして、テンカはナツメのことを語《かた》りはじめた。

ナツメは、黒《くろ》と黄色《きいろ》のまだらもようが特徴《とくちょう》のメスネコ。年齢《ねんれい》は十歳《じゅっさい》をこえており、人間《にんげん》で言《い》えばすでにおばあちゃんだ。とても人《ひと》なつっこい性格《せいかく》で、近所《きんじょ》でもついエサをあげたくなってしまうと評判《ひょうばん》だったらしい。

とくにテンカはナツメをかわいがっており、病気《びょうき》にならないように母《はは》の動物病院《どうぶつびょういん》で注射《ちゅうしゃ》をし、けがをしたときには母《はは》といっしょに処置《しょち》をしてあげたこともあるという。

「でもね、そのナツメが最近姿《さいきんすがた》を見《み》せないの」

「それは心配《しんぱい》だね」

「ナツメはもうおばあちゃんでしょ？　事故《じこ》にあってるかもしれないし、病気《びょうき》になってどこかにかくれているのかもしれない。そう考《かんが》えると、不安《ふあん》でしょうがなくて……」

「わかった。ぼくも探《さが》すのを手伝《てつだ》うよ」

その日《ひ》の放課後《ほうかご》。クウとテンカはナツメを探《さが》すために、近所《きんじょ》の公園《こうえん》に集合《しゅうごう》した。

テンカの他《ほか》にも、ナツメを地域《ちいき》ネコとしてかわいがっていた人《ひと》はたくさんいる。そこで、まずはナツメを見《み》かけていないか聞《き》きこみをしてみることにしたのだが……。

「いやあ、最近見《さいきんみ》かけないねえ」

「あたしも心配《しんぱい》してたのよ。事故《じこ》にあってないといいんだけど」

「もうずいぶん歳《とし》を取《と》っていたからなあ」

最近《さいきん》ナツメを見《み》たという人《ひと》は、一人《ひとり》もいなかった。

そのかわり話題《わだい》に上《あ》がったのは、大《おお》きなネコがあばれてこまっているという話《はなし》だ。夜《よる》に家庭菜園《かていさいえん》をあらしたり、人《ひと》におそいかかったりしているらしく、近《ちか》いうちに駆除《くじょ》の要請《ようせい》がされるらしい。

「ねえ、そのネコがナツメっていう可能性《かのうせい》はないの？」

帰《かえ》り道《みち》、ならんで歩《ある》きながらクウがたずねる。すでに陽《ひ》はくれていて、すずしい風《かぜ》が吹《ふ》いていた。

テンカは首《くび》を横《よこ》にふった。

「ナツメは、ネコの中《なか》では小《ちい》さい方《ほう》だったよ。それに、気性《きしょう》もすっごくおだやかだから、人《ひと》をおそうなんてまずありえない。むしろ、そのネコにナツメが追《お》いやられた可《か》能性《のうせい》がある」

「うーん、でもどうしようか。だれも見《み》かけてないってことは、どこかにかくれてるんだろうけど……。ナツメがかくれそうなところはある？」

「ひとつ、ある」

クウとテンカがやってきたのは、通学路《つうがくろ》からすこしはなれたところにある、小《ちい》さな神社《じんじゃ》だった。

この古《ふる》びた神社《じんじゃ》は、あまり人《ひと》がよりつかず、ひっそりとしている。幻獣園《げんじゅうえん》に初《はじ》めて行《い》った日《ひ》も、この神社《じんじゃ》に来《き》ていたことをクウは思《おも》い出《だ》した。

「ここはナツメがよくねぐらにしていた場所《ばしょ》なんだ。もしかしたら、もどってきているかも」

だが、あたりをくまなく探《さが》してみたものの、やはりその姿《すがた》は見当《みあ》たらない。

「せっかくだから、神社《じんじゃ》の神様《かみさま》にお願《ねが》いしてみようよ」

クウは古《ふる》びた境内《けいだい》の前《まえ》に立《た》ち、手《て》を合《あ》わせる。となりでテンカも手《て》を合《あ》わせた。

（ナツメが無事《ぶじ》に見《み》つかりますように。そして、テンカちゃんが元気《げんき》になりますように……！）

クウは、目《め》を閉《と》じてそうお願《ねが》いをした。

しばらくして目《め》を開《あ》けると、となりのテンカはまだじっと目《め》を閉《と》じたままだった。待《ま》っている間《あいだ》、ぼうっとうす暗《ぐら》くなってきた境内《けいだい》を見回《みまわ》す。

ふと、しげみの中《なか》でなにかが動《うご》いた気《き》がした。

ガサ……ガサ……。

「テンカちゃん？」

「ん？」

ガサガササッ！

しげみの中《なか》から大《おお》きな影《かげ》がおどり出《で》た。

それは、巨大《きょだい》なネコだった。ふつうのネコよりひと回《まわ》りもふた回《まわ》りも大《おお》きい。石《いし》だたみに着地《ちゃくち》すると、じっとしゃがみこんだまま、二人《ふたり》の様子《ようす》をうかがっている。

「ナ、ナツメ？」

おどろいて転《ころ》びそうになったクウが言《い》うと、テンカは首《くび》をふった。

「残念《ざんねん》だけどちがうよ。毛《け》なみは似《に》てるけど、ナツメはここまで大《おお》きくない。それに、もしナツメならわたしにすぐ気《き》づくはず」

「たしかに、それもそうだね」

「それにしても、変《へん》なの。この大《おお》きさで、こんな見《み》た目《め》のネコは見《み》たことない。メインクーンとかサイベリアン、ってわけでもなさそうだし……」

目《め》の前《まえ》のネコを観察《かんさつ》しながら、テンカは大型種《おおがたしゅ》の名《な》を挙《あ》げた。

「だとすると、これが近所《きんじょ》で話題《わだい》になってる野良《のら》ネコかな。ちょっと、はなれた方《ほう》がいいかも……」

「クウってば、こわがりなんだから。大《おお》きくてもネコはネコだよ。ここはわたしにまかせて」

テンカは目線《めせん》を合《あ》わせないようにしながら、姿勢《しせい》を低《ひく》くして、ゆっくりと近《ちか》づく。

野良《のら》ネコの背中《せなか》の毛《け》は逆立《さかだ》っていて、今《いま》にも飛《と》びかかってきそうだ。しかし、テンカはおそれることなく、ゆっくりと手《て》の甲《こう》を差《さ》しのべた。

「こんなにふるえて……きっとこわい目《め》にあったんだね」

そのとき、クウの頭《あたま》の中《なか》に声《こえ》がひびいた。

〈あんたは、だれだい？〉

同時《どうじ》に、ネコがしっぽをふる。ふわふわのしっぽは、ふたつに分《わ》かれていた。

クウはあっとおどろきの声《こえ》を上《あ》げた。

「もしかして、このネコ……!」

やさしい顔《かお》をくずさないテンカに、野良《のら》ネコは低《ひく》くうなり声《ごえ》を上《あ》げる。

次《つぎ》の瞬間《しゅんかん》、ネコはすっくと二本足《にほんあし》で立《た》ち上《あ》がると、口《くち》を開《ひら》いた。

「あんたは、わしをこわがらないのかい……?」

「しゃ、しゃべったー!?」

おどろくテンカを、ネコはまじまじと見《み》つめる。その顔《かお》が苦《くる》しそうにゆがんだ。

「どこかで見《み》た気《き》がするが……思《おも》い出《だ》せない」

ネコはもどかしそうに頭《あたま》をふると、さっと身《み》をひるがえして境内《けいだい》の闇《やみ》の中《なか》へ消《き》えていった。

「なに、今《いま》の」

テンカが、困惑《こんわく》した様子《ようす》でそのうしろ姿《すがた》を見送《みおく》る。

「二本足《にほんあし》で歩《ある》く、言葉《ことば》を話《はな》す、ふたつに分《わ》かれたしっぽ……今《いま》のは間違《まちが》いなく、ねこまたただ」

「ねこまた？」

「ねこまたは、大《おお》きなネコの姿《すがた》をして、二本足《にほんあし》で立《た》って人《ひと》の言葉《ことば》をしゃべるんだ。きっと、近所《きんじょ》の人《ひと》たちが話《はな》していたのも、あのねこまたのことだろうね」

テンカはしばらくだまってうつむいていた。しかし、決心《けっしん》したように顔《かお》を上《あ》げると、きっぱりと言《い》った。

「あのねこまた、保護《ほご》して幻獣園《げんじゅうえん》に連《つ》れていこうよ」

「え？　でも、ナツメは？」

「もちろん、ナツメのことは心配《しんぱい》だけど……このままだとあの子《こ》、大人《おとな》たちに駆除《くじょ》されちゃう」

「わかった。明日《あした》は土曜日《どようび》だから、幻獣園《げんじゅうえん》へ行《い》ってゲンジさんに相談《そうだん》してみよう」

翌日《よくじつ》。幻獣園《げんじゅうえん》へやってきたクウとテンカは、ゲストハウスのテラス席《せき》にすわって、ゲンジにねこまたのことを報告《ほうこく》した。

「クウくんが言《い》う通《とお》り、それはおそらくねこまただろう」

ゲンジは優雅《ゆうが》にカップをかたむけて、紅茶《こうちゃ》を飲《の》む。

「そして、そうだとしたら早《はや》くつかまえた方《ほう》がいい」

「ヘルハントにねらわれるかもしれないからですか？」

クウの質問《しつもん》に、ゲンジは首《くび》を横《よこ》にふる。

「その可能性《かのうせい》ももちろん考《かんが》えられるが、もっと身近《みぢか》な危機《きき》だよ」

「どういうことですか？」

「ねこまたを見《み》た時《とき》、なにか気《き》づかなかったかい？」

クウとテンカは顔《かお》を見合《みあ》わせた。先《さき》にあっ、と声《こえ》を出《だ》したのはクウだった。

「そうか、なにか変《へん》だと思《おも》ってた。ぼくたち、幻獣《げんじゅう》グラスをかけなくてもねこまたの姿《すがた》が見《み》えていたんだ」

通常《つうじょう》、幻獣《げんじゅう》グラスのような特別《とくべつ》なアイテムを使《つか》わないと、幻獣《げんじゅう》を見《み》ることはできない。

「その理由《りゆう》はおそらく、変化《へんげ》したばかりで力《ちから》をコントロールすることができていないからだろう」

「変化《へんげ》？」

「ねこまたは元《もと》からねこまたとして生《う》まれるのではなく、歳《とし》をとったネコが変化《へんげ》したものだと言《い》われている」

「へえ、動物《どうぶつ》から幻獣《げんじゅう》になることなんてあるんですね」

「変化《へんげ》したてのねこまたはネコだったころの記憶《きおく》をわすれ、力《ちから》をおさえきれず、場合《ばあい》によっては人《ひと》を攻撃《こうげき》してしまうこともある。その結果《けっか》、人間《にんげん》たちにおそれられ、退治《たいじ》されてしまうこともあるんだ」

「退治《たいじ》って、ひどいよ……」

テンカが口《くち》を開《ひら》く。その目《め》は真剣《しんけん》そのものだ。

「ねえゲンジさん。年齢《ねんれい》以外《いがい》に、ねこまたに変化《へんげ》するための条件《じょうけん》ってあるの？」

「伝説《でんせつ》によれば、十年《じゅうねん》以上《いじょう》生《い》きていることに加《くわ》えて、毛色《けいろ》が黄色《きいろ》と黒《くろ》であることなどが挙《あ》げられる」

その説明《せつめい》に、テンカはやっぱり、とつぶやいた。

「テンカちゃん、どうかした？」

「クウ、急《いそ》いであの子《こ》を探《さが》しに行《い》くよ」

そう言《い》うと、テンカはあわてた様子《ようす》で立《た》ち上《あ》がった。

平泉町《ひらいずみちょう》の商店街《しょうてんがい》の近《ちか》くを、ねこまたはふらふらと歩《ある》いていた。

大事《だいじ》なことがたくさんあった気《き》がする。しかし、ねこまたはなにひとつ思《おも》い出《だ》せなかった。

ある日《ひ》、目覚《めざ》めると体《からだ》が大《おお》きくなり、しっぽがふたつに分《わ》かれ、人《ひと》の言葉《ことば》を話《はな》せるようになっていた。

人間《にんげん》たちは、そんな自分《じぶん》をおそれた。夜道《よみち》で出《で》くわしただけでおどろいて逃《に》げるし、おそってくることもあった。

それに、今《いま》までに感《かん》じたことのない力《ちから》が、自分《じぶん》の中《なか》にあふれていた。制御《せいぎょ》しきれないその力《ちから》が、ねこまたをさらに不安《ふあん》にさせていた。

ふと、おいしそうなにおいが、どこかからただよってくる。

なにか食《た》べないと空腹《くうふく》でたおれてしまう。だが、自分《じぶん》が姿《すがた》をあらわすと人間《にんげん》たちはおそってくる。どうしたらいいのか。

気《き》がつけば、足《あし》がむずがゆくなっていた。ねこまたは、おどろいて自分《じぶん》の体《からだ》を見下《みお》ろした。ゆっくりと、二本足《にほんあし》で立《た》ち上《あ》がる。

ねこまたは意気《いき》ようようと、いいにおいがする方《ほう》へと歩《ある》いていくのだった……。


クウとテンカが平泉町《ひらいずみちょう》の商店街《しょうてんがい》をおとずれると、そこにはぴりぴりとした空気《くうき》がただよっていた。

捕獲用《ほかくよう》のかごを持《も》った制服《せいふく》の警官《けいかん》や、猟銃《りょうじゅう》を持《も》った猟師《りょうし》たちが巡回《じゅんかい》している。商店街《しょうてんがい》の人《ひと》にたずねてみると、どうやら役所《やくしょ》に通報《つうほう》が入《はい》ったらしく、警察《けいさつ》と猟友会《りょうゆうかい》が動《うご》き出《だ》したらしい。

「大変《たいへん》だ、早《はや》く探《さが》さないとねこまたが駆除《くじょ》されちゃうよ！」

「だけど、どこに……？」

クウとテンカは途方《とほう》にくれて、商店街《しょうてんがい》を見《み》わたした。そのとき、だれかがさけんだ。

「おい、食《く》い逃《に》げだ！」

近《ちか》くの定食屋《ていしょくや》さんから、さっと人影《ひとかげ》が飛《と》び出《だ》した。後《あと》から、店主《てんしゅ》が追《お》いかける。周《まわ》りにいた警察官《けいさつかん》も、あわてて追《お》いかけようとする。しかし、犯人《はんにん》は逃《に》げ足《あし》が速《はや》く、すぐに見《み》えなくなってしまった。

クウはおどろいて動《うご》けなかった。一瞬《いっしゅん》だけ見《み》えた犯人《はんにん》の顔《かお》が、おばあさんに見《み》えたのだ。

あとに残《のこ》された店主《てんしゅ》は、ぜえぜえと息《いき》をつく。

「すばしっこいやつめ」

「どうしたんですか？」

クウが聞《き》くと、店主《てんしゅ》は舌打《したう》ちをした。

「食《く》い逃《に》げだよ、食《く》い逃《に》げ。歳取《としと》ったばあさんが、まるで動物《どうぶつ》みたいに手《て》づかみで食《た》べて、そのまま金《かね》をはらわず出《で》ていっちまったんだ」

店主《てんしゅ》は怒《おこ》った様子《ようす》で、歩《ある》き去《さ》っていく。

「平泉町《ひらいずみちょう》で、食《く》い逃《に》げ事件《じけん》なんて……」

クウとテンカが顔《かお》を見合《みあ》わせていると、商店街《しょうてんがい》の入《い》り口《ぐち》から少年《しょうねん》が歩《ある》いてきた。ケントだ。

二人《ふたり》に気《き》づくと、やあと手《て》を上《あ》げる。

「クウくん、テンカちゃん。どうしたんだい？」

「ケントくんこそ、こんなところでなにをしてるの？」

「ボクは、ねこまたを探《さが》しててね」

「え、ねこまた？」

クウはとなりで、テンカがかたまるのがわかった。

「最近《さいきん》、平泉町《ひらいずみちょう》でさわぎを起《お》こしている大《おお》きなネコさ。あれは、ねこまたじゃないかと思《おも》うんだ」

「ケントくんもそう思《おも》う？」

「うん。ねこまたの特徴《とくちょう》は、ふたつに分《わ》かれたしっぽと、大《おお》きな体《からだ》に黒《くろ》と黄色《きいろ》のもよう。間違《まちが》いない――目撃情報《もくげきじょうほう》とも一致《いっち》している」

「さすが、よく知《し》ってるね」

すらすらとねこまたの特徴《とくちょう》を語《かた》るケントに、クウは思《おも》わず感嘆《かんたん》の声《こえ》を上《あ》げた。

「もしかして、クウくんもねこまたを探《さが》してるの？」

ケントの問《と》いに、クウはうなずいた。

「それなら、協力《きょうりょく》しないかい？　三人《さんにん》で、ねこまたを探《さが》そう」

「もちろんいいよ！　ね、テンカちゃん」

しかし、テンカは目《め》をそらして首《くび》をふった。

「……わたしは反対《はんたい》」

「ええ？　どうして！」

テンカは、クウをケントから引《ひ》きはなすと、こっそりと耳打《みみう》ちをする。

「ゲンジさんに言《い》われたでしょ。幻獣《げんじゅう》や幻獣園《げんじゅうえん》のことは、秘密《ひみつ》にしないといけないって」

「でも……ぼくはケントくんに協力《きょうりょく》してほしいと思《おも》う」

「クウ……」

「ケントくんって幻獣《げんじゅう》の話《はなし》をするとき、すごく楽《たの》しそうなんだ。ぼくも同《おな》じだからわかる。ケントくんだったら、きっと大丈夫《だいじょうぶ》だよ」

テンカは、一瞬《いっしゅん》だけ迷《まよ》うような表情《ひょうじょう》を見《み》せた。しかし、ゆっくりと首《くび》を横《よこ》にふる。

「ごめん。でも……やっぱりだめだよ」

「……わかったよ」

クウはケントの方《ほう》を向《む》き直《なお》ると、目《め》をふせた。

「ごめん、ケントくん。やっぱりねこまたは、ぼくたちだけで探《さが》すことにするよ」

申《もう》し訳《わけ》なさそうに言《い》うクウに、ケントはさびしそうにほほえんだ。

「気《き》にしないで。ボクはボクで、もうすこし探《さが》してみるよ」

去《さ》り際《ぎわ》に、ケントは思《おも》い出《だ》したように言《い》った。

「そうだ、ねこまたは人《ひと》に化《ば》ける能力《のうりょく》を持《も》ってると言《い》われてるんだ。かくれているなら、人間《にんげん》の姿《すがた》に化《ば》けているのかもしれないね」

クウは、去《さ》っていくケントのうしろ姿《すがた》を名残《なごり》おしそうにながめる。その肩《かた》に、テンカがぽんと手《て》を置《お》いた。

「幻獣園《げんじゅうえん》の秘密《ひみつ》は守《まも》らないといけない。それが飼育員《しいくいん》の使命《しめい》でしょ?」

「うん、わかってるよ」

クウは首《くび》をふると、あらためてねこまたの行方《ゆくえ》を考《かんが》えた。

(ねこまたの目撃情報《もくげきじょうほう》が消《き》えたとたん、食《く》い逃《に》げ事件《じけん》が起《お》きた。やはりこのふたつは関係《かんけい》があるんじゃないか？)

「さっきの食《く》い逃《に》げ事件《じけん》」

クウはつぶやくと、メガネをおし上《あ》げた。

「食《く》い逃《に》げ？」

「ケントくんも言《い》ってたけど、ねこまたには人間《にんげん》に変化《へんげ》する力《ちから》がある。とくに、おばあさんに化《ば》けることが多《おお》いんだ。さっきの食《く》い逃《に》げ犯《はん》は、おなかをすかせたねこまたが、人《ひと》に化《ば》けてたんじゃないかな？」

「なるほどね。なら、より安全《あんぜん》なエサ場《ば》を探《さが》しにいったのかもしれない」

「おじいさんやおばあさんがたくさんいてもあやしまれず、ごはんが食《た》べられる場所《ばしょ》か。だったら……」

クウとテンカは、大《おお》きな建物《たてもの》の前《まえ》に立《た》っていた。ガラスごしに、車《くるま》いすに乗《の》ったおじいさんやおばあさんが見《み》える。

「老人《ろうじん》ホームか！　たしかにここなら、おばあさんがまぎれていても目立《めだ》たないし、こっそりごはんをぬすめそうだね」

クウの推理《すいり》に感心《かんしん》したように、テンカはうんうんとうなずく。

さっそく、二人《ふたり》は受付《うけつけ》のおばさんに話《はな》しかけた。

「こんにちは」

テンカがはきはきと話《はな》す。

「わたしたち、平泉小学校《ひらいずみしょうがっこう》の五年生《ごねんせい》です。授業《じゅぎょう》で、お年《とし》よりを手助《てだす》けする宿題《しゅくだい》が出《で》たんですけど、すこしお手伝《てつだ》いしてもいいですか？」

「あら、えらいねえ。ぜひいらっしゃい」

受付《うけつけ》のおばさんは、やさしく通《とお》してくれた。罪悪感《ざいあくかん》を覚《おぼ》えながら、クウはとびらをぬけて老人《ろうじん》ホームに入《はい》る。

当然《とうぜん》のことだが、老人《ろうじん》ホームにはおばあさんがたくさんいる。その中《なか》からねこまたを見《み》つけ出《だ》すのは至難《しなん》のわざだ。

（なにかいい方法《ほうほう》はないかな？）

クウがあたりを見《み》わたしていると、にぎやかな歌声《うたごえ》が聞《き》こえてきた。

一階《いっかい》の中心《ちゅうしん》にあるレクリエーションホールで、ボランティアの合唱《がっしょう》グループが歌《うた》を披露《ひろう》しているようだ。クウとテンカはそっと近《ちか》づき、こそこそと相談《そうだん》しはじめた。

やがて合唱《がっしょう》グループの発表《はっぴょう》が終《お》わると、壇上《だんじょう》にテンカがおどり出《で》た。

「こんにちは。平泉小学校《ひらいずみしょうがっこう》から来《き》ました、春川天華《はるかわてんか》です！　次《つぎ》はダンスを披露《ひろう》します！」

クウはかばんからタブレットを取《と》り出《だ》すと、音楽《おんがく》を流《なが》した。

音楽《おんがく》に合《あ》わせて、テンカがヒップホップダンスをおどりはじめる。軽快《けいかい》なテンカのステップに施設《しせつ》の人《ひと》たちも楽《たの》しそうに体《からだ》をゆらす。

すると部屋《へや》のすみにすわっていたおばあさんが、すっくと立《た》ち上《あ》がった。

「ああ、なんて楽《たの》しいおどりだい。わしもむしょうにおどりたくなってしまうねえ」

そして、おばあさんはテンカのダンスに合《あ》わせて、お年《とし》よりとは思《おも》えない軽《かろ》やかなリズムでおどりはじめた。

おどりながら、おばあさんの姿《すがた》が変《か》わっていった。頭《あたま》からはとがった耳《みみ》が生《は》え、手《て》からはツメがのび……あっという間《ま》に、ねこまたの姿《すがた》になる。

部屋《へや》の中《なか》は騒然《そうぜん》となった。

クウは得意《とくい》そうにほほえむ。

「よし、うまくいった」

姿《すがた》をあらわしたねこまたは、おびえた声《こえ》を上《あ》げながら出口《でぐち》めがけて走《はし》っていく。

「クウ、追《お》いかけるよ！」

クウとテンカは、走《はし》り出《だ》した。


夕《ゆう》ぐれの町《まち》を、必死《ひっし》にねこまたが駆《か》けていく。クウとテンカは二手《ふたて》に分《わ》かれ、うら路地《ろじ》でねこまたをはさみうちにした。

ねこまたは、憎《にく》しみをこめた目《め》で二人《ふたり》をにらみつけた。

「どうしてみんなわしを追《お》いかけまわすんだい！　悪《わる》いことなんかしていないのに

……どうして、こんな目《め》に……」

ふるえるねこまたに、テンカはそっと手《て》をのばした。その目《め》が、すこしうるんでいるように見《み》える。

「安心《あんしん》して、わたしだよ。テンカ。あなた、ナツメなんでしょう？」

クウはするどく息《いき》をすった。

「それじゃあ、ナツメは……」

「うん、条件《じょうけん》には当《あ》てはまってたもんね。ねこまたに、化《ば》けたんだ。それで、記憶《きおく》をなくした」

そして、仲《なか》よくしていたテンカのこともわすれてしまったのだ。

二人《ふたり》のやり取《と》りを聞《き》いていたねこまたは、不思議《ふしぎ》そうに首《くび》をかしげる。

「ナツメ……？　なんだか、なつかしいひびきだねぇ」

「ねこまたでもなんでもいい。とにかく無事《ぶじ》でよかった」

安心《あんしん》した顔《かお》で、テンカはゆっくりとナツメに歩《あゆ》みよる。

と、路地《ろじ》の奥《おく》から地鳴《じな》りのような足音《あしおと》が近《ちか》づいてきた。

「いたぞ！　例《れい》のネコだ！」

見《み》ると、制服《せいふく》の警官《けいかん》と、猟銃《りょうじゅう》を持《も》った猟師《りょうし》たちが駆《か》けつけてきていた。猟師《りょうし》が、銃《じゅう》をかまえる。

「きみたち、はなれろ！」

シャアアア！

ナツメは毛《け》を逆立《さかだ》てて、威嚇《いかく》の声《こえ》を上《あ》げる。

「やめて！」

ナツメを守《まも》るように、テンカは間《あいだ》に立《た》ちはだかった。

「この子《こ》は危険《きけん》じゃない！」

困惑《こんわく》した様子《ようす》で、猟師《りょうし》たちは銃《じゅう》を下《さ》げた。

「きみ、そのネコを知《し》っているのかい？　残念《ざんねん》だけど、役所《やくしょ》からの命令《めいれい》でこのネコは駆除《くじょ》することが決《き》まっているんだ」

「そんな……」

すると、そのすきをついたナツメはすばやく壁《かべ》を飛《と》びこえ、向《む》こう側《がわ》へと消《き》えていった。猟師《りょうし》たちはあわてて壁《かべ》に上《のぼ》り、その行方《ゆくえ》を探《さぐ》る。

「いたぞ！　森林公園《しんりんこうえん》の方《ほう》だ、追《お》え！」

無線《むせん》で仲間《なかま》に指示《しじ》をすると、猟師《りょうし》たちはあわただしく散《ち》っていった。

「テンカちゃん、あの人《ひと》たちより先《さき》にナツメを見《み》つけなくちゃ！」

「うん！　絶対《ぜったい》、守《まも》るんだから」

「あ、ちょっと待《ま》って」

駆《か》け出《だ》そうとするテンカを、クウがあわてて止《と》める。

「用意《ようい》しておきたいものがあるんだ」


夕闇《ゆうやみ》ですっかり暗《くら》くなった森林公園《しんりんこうえん》は、黄色《きいろ》いテープでかこまれ、立《た》ち入《い》り禁止《きんし》と書《か》かれた立《た》て札《ふだ》が立《た》てられていた。この森林公園《しんりんこうえん》は、かなり広《ひろ》い。ちょっとしたハイキングコースや、大《おお》きな池《いけ》もある。

その入《い》り口《ぐち》から、クウとテンカは中《なか》の様子《ようす》をうかがっていた。

園内《えんない》の森《もり》の中《なか》を多《おお》くの警官《けいかん》と猟師《りょうし》たちが巡回《じゅんかい》している。うっそうとした木《き》ぎの間《あいだ》を、明《あか》るい光《ひかり》の筋《すじ》が何本《なんぼん》も交差《こうさ》する。

クウとテンカは警官《けいかん》たちに見《み》つからないよう、こっそりと公園《こうえん》の中《なか》へ入《はい》っていった。息《いき》をひそめ、身《み》をかがめたまま、うす暗《ぐら》い森《もり》の中《なか》を進《すす》んでいく。

十五分《じゅうごふん》ほど歩《ある》くと、すこし開《ひら》けた場所《ばしょ》にたどり着《つ》いた。

「よし、このあたりでいいかな」

そう言《い》いながら、クウはリュックサックの中《なか》をごそごそと探《さぐ》る。出《で》てきたのは、油《あぶら》のつまったビンだった。ラベルには魚《さかな》のマークが描《えが》かれている。

「こんなもので、ナツメを呼《よ》びよせることができるの？」

「大丈夫《だいじょうぶ》。ねこまたは油《あぶら》が好《す》きっていう伝説《でんせつ》があるんだ。とくに、行灯《あんどん》っていう昔《むかし》の照明《しょうめい》につかわれていた、魚油《ぎょゆ》が大好物《だいこうぶつ》なんだって。これをエサに、なんとか猟師《りょうし》たちに見《み》つかる前《まえ》につかまえよう」

二人《ふたり》はビンのふたを開《あ》け、広場《ひろば》の真《ま》ん中《なか》に置《お》いた。しげみの中《なか》にかくれ、しばらく様子《ようす》をうかがっていると……魚油《ぎょゆ》のにおいにさそわれるように、ナツメがのろのろと姿《すがた》をあらわした。

思《おも》わず飛《と》び出《だ》しそうになるテンカだったが、ねこまたの姿《すがた》にはっと立《た》ち止《ど》まった。捜索隊《そうさくたい》に追《お》い回《まわ》されたのだろう。ナツメはあちこちすり傷《きず》だらけになっていた。美《うつく》しい毛《け》には、べっとりと血《ち》がついている。

用心深《ようじんぶか》くビンに近《ちか》づいていたナツメが、ふいに顔《かお》を上《あ》げ、シャアアアと威嚇《いかく》の声《こえ》を上《あ》げた。クウとテンカの存在《そんざい》に、気《き》づいたのだ。

「わしに近《ちか》づくんじゃない！」

とげとげとした声《こえ》が、広場《ひろば》にひびく。人間《にんげん》に対《たい》する憎《にく》しみは、さらに増《ま》しているようだ。

テンカは意《い》を決《けっ》した顔《かお》でゆっくりとねこまたに近《ちか》づき、言《い》った。

「ナツメ。わたしの声《こえ》、聞《き》き覚《おぼ》えない？」

「うるさい！　あんたの声《こえ》なんか知《し》るもんか！」

「そんなことないよ。よく聞《き》いて。わたしの声《こえ》、絶対聞《ぜったいき》いたことあるはずだよ」

そう言《い》いながら、テンカはゆっくりと近《ちか》づいていく。

「知《し》らないよ、あっちへおいき！　近《ちか》づいたら容赦《ようしゃ》しないよ！」

「いいよ！　それで思《おも》い出《だ》してくれるなら」

そう言《い》って、テンカは迷《まよ》うことなくねこまたに手《て》を差《さ》しのべた。

ねこまたはするどい声《こえ》を上《あ》げ、テンカの手《て》を打《う》ちはらうように引《ひ》っかいた。うっ、とテンカが顔《かお》をゆがめる。手《て》から赤《あか》い血《ち》のしずくが垂《た》れた。

「テンカちゃん！」

「大丈夫《だいじょうぶ》、全然平気《ぜんぜんへいき》だよ」

テンカは静《しず》かにナツメの顔《かお》をのぞきこんだ。

「ナツメ、思《おも》い出《だ》せた？　わたしの声《こえ》」

「……そうだ、さっきあんたと会《あ》ったときにも思《おも》った。この声《こえ》……どこかなつかしい。聞《き》いてると、心《こころ》がおだやかになるような……」

「その調子《ちょうし》だよ。ゆっくりでいい、すこしずつ思《おも》い出《だ》していって」

けがをした手《て》をおさえながら、テンカは小声《こごえ》でクウに説明《せつめい》した。

「ネコって、耳《みみ》がいいでしょ。目《め》で見《み》えるものじゃなくて、耳《みみ》で聞《き》こえるもので相手《あいて》を認識《にんしき》するらしいんだ。ねこまたになっても、ナツメの記憶《きおく》には、たしかにわたしの声《こえ》が残《のこ》っているはず」

逆立《さかだ》っていたナツメの毛《け》が、だんだんと落《お》ち着《つ》いていく。その表情《ひょうじょう》からは怒《いか》りが消《き》え、もの悲《がな》しさだけが残《のこ》った。

「昔《むかし》は、こうじゃなかった気《き》がする。でも、なにも思《おも》い出《だ》せない……なにをどうしたらいいのか、わからないいんだよ」

つかれはてたようにつぶやくねこまたに、テンカはそっとよりそった。

「それはね、あなたがねこまたっていう別《べつ》の生《い》き物《もの》に変化《へんげ》したからなの」

「ねこまた？」

「そう。最初《さいしょ》は、なれないこともあるかもしれない。昔《むかし》のことを忘《わす》れてこわいかもしれない……。でもすこしずつでいい、昔《むかし》のことを思《おも》い出《だ》して。そして、新《あたら》しいことも覚《おぼ》えていけばいいよ」

「しかし、わしにできるかねえ」

不安《ふあん》そうに顔《かお》を上《あ》げるナツメに、テンカは力強《ちからづよ》くうなずいた。

「大丈夫《だいじょうぶ》、どんな姿《すがた》になってもナツメはナツメだから」

テンカの言葉《ことば》に、ナツメは不思議《ふしぎ》そうに目《め》を細《ほそ》めた。

「ナツメ……不思議《ふしぎ》だねえ。その言葉《ことば》を聞《き》くと心《こころ》がぽかぽかして、本当《ほんとう》にできるような気《き》がしてくるよ」

そんなねこまたに、テンカはやさしくほほえみかける。

「それはそうだよ。だって、みんなが大好《だいす》きなあなたを呼《よ》ぶときの名前《なまえ》なんだから」

その言葉《ことば》に、ナツメはあっとおどろいた顔《かお》になる。

「……そうだった。ようやく思《おも》い出《だ》したよ。ナツメ、みんなからそう呼《よ》ばれていた。いろんな人《ひと》のおうちでごはんをもらってたんだね。たくさんのやさしい人間《にんげん》にお世話《せわ》されて、わしは幸《しあわ》せな日《ひ》びを送《おく》っていたんだ」

ナツメの表情《ひょうじょう》が、だんだんおだやかになっていた。テンカはさらに近《ちか》づくと、そっとその背中《せなか》に手《て》を置《お》いた。

「……そうだ。あんた、ネコやイヌのお友達《ともだち》がたくさんいる病院《びょういん》で、いつも遊《あそ》んでくれる女《おんな》の子《こ》だったたねえ。それから……そうだ、いたい針《はり》をさしたこともあった」

「あはは、ナツメは注射《ちゅうしゃ》が苦手《にがて》だったよね。そうだよ、わたしたちは友達《ともだち》だったの。

名前《なまえ》はテンカっていうんだ」

「テンカ、それがあんたの名前《なまえ》かい。わしは……そうそう、ナツメっていうんだったね」

うれしそうにゴロゴロとのどを鳴《な》らすナツメだったが、ふとこまった顔《かお》をする。

「けれど、これからどうしようか。ふつうのネコでなくなったら、今《いま》までのような生《せい》活《かつ》はできないだろう」

「それなら、幻獣園《げんじゅうえん》っていう、すてきな場所《ばしょ》がある。ナツメみたいな仲間《なかま》も、きっとたくさんいる。いっしょに来《く》る？　ごはんもいっぱい食《た》べられるよ」

「へえ、楽《たの》しそうな場所《ばしょ》じゃないか。テンカがそう言《い》うなら、お世《せ》話《わ》になろうかねえ」

「決《き》まり！　これからもよろしくね、ナツメ」

そう言《い》ってテンカが、ナツメの頭《あたま》をやさしくなでた瞬間《しゅんかん》――強力《きょうりょく》なサーチライトが闇《やみ》を切《き》りさき、広場《ひろば》を照《て》らした。

クウはそのまぶしさに思《おも》わず手《て》をかざし、顔《かお》を上《あ》げる。そこには、猟銃《りょうじゅう》を持《も》った猟《りょう》師《し》たちがいた。

「きみたち、そのネコからはなれなさい。そいつは危険《きけん》だ」

「あぶなくない！　ナツメはわたしの友達《ともだち》だよ！」

捜索隊《そうさくたい》は、じりじりと近《ちか》づきはじめた。

それに反応《はんのう》し、ナツメが威嚇《いかく》の声《こえ》を上《あ》げる。すぐさま、猟師《りょうし》の何人《なんにん》かが猟銃《りょうじゅう》をかまえた。ときが、止《と》まったように感《かん》じる。

「やめろ！」

木《き》ぎの中《なか》から、人影《ひとかげ》があらわれた。その人物《じんぶつ》はゆっくりとクウとテンカの前《まえ》に立《た》つ。

「ケントくん⁉」

ケントは一見落《いっけんお》ち着《つ》いているように見《み》えるが、ナツメを見《み》る目《め》は興奮《こうふん》していた。

「もしかして、この子《こ》がねこまた？　すごい！」

捜索隊《そうさくたい》は、新《あら》たな子《こ》どもの登場《とうじょう》におどろいていた。クウが小声《こごえ》でたずねる。

「どうしてここに？」

「決《き》まってるじゃないか。ねこまたを助《たす》けるためだよ。大《おお》きなネコがここに逃《に》げこんだって、町《まち》では大《おお》さわぎさ」

ケントは声《こえ》を落《お》とすと、クウとテンカに話《はな》しかける。

「ボクが合図《あいず》をしたらねこまたを連《つ》れて逃《に》げるんだ、いいね」

「え？」

ケントは走《はし》り出《だ》すと、広場《ひろば》を照《て》らしていた強力《きょうりょく》なライトを思《おも》いっきりけとばした。

「三《さん》、二《に》、一《いち》……今《いま》だ！」

広場《ひろば》が、闇《やみ》に包《つつ》まれる。

「クウくん、逃《に》げて！」

それ以上《いじょう》の言葉《ことば》は必要《ひつよう》なかった。クウはテンカの手《て》をにぎり、ナツメをなかばかかえこむようにして、ポケットから小《ちい》さくしたスカイパラソルを取《と》り出《だ》す。

混乱《こんらん》のなか、息《いき》を吹《ふ》きかけ、小《ちい》さな声《こえ》でつぶやく。

「幻獣園《げんじゅうえん》へ！」

ごうっと風《かぜ》が吹《ふ》き、スカイパラソルはクウたちを夜空《よぞら》へと連《つ》れていった。

「ケントくん、大丈夫《だいじょうぶ》かな？」

数時間後《すうじかんご》。クウとテンカは、森林公園《しんりんこうえん》にもどってきていた。ナツメは無事《ぶじ》、幻獣園《げんじゅうえん》にとどけられた。

（あとは、ケントくんが無事《ぶじ》でいれば……）

捜索隊《そうさくたい》も帰《かえ》ったのか、夜《よる》の公園《こうえん》にはだれもいない。森《もり》をぬけ、出口《でぐち》の方《ほう》へ向《む》かおうとしたときだった。

おーい、と呼《よ》びかける声《こえ》が遠《とお》くから聞《き》こえる。

ケントが、遠《とお》くから手《て》をふって近《ちか》づいてきた。捜索隊《そうさくたい》と取《と》っ組《く》み合《あ》いをしたせいか、服《ふく》のあちこちが泥《どろ》でよごれている。しかし、その顔《かお》は元気《げんき》そうだ。

「よかった、無事《ぶじ》だったんだね」

クウはほっと胸《むね》をなで下《お》ろす。

「うん、役場《やくば》のおじさんたちに、こっぴどくしかられたけどね」

そう言《い》って、ケントはおおげさに肩《かた》をすくめてみせた。

「それより、ねこまたの姿《すがた》が見《み》えないけど、大丈夫《だいじょうぶ》？　きみたちはどこにかくれてたの？」

「それが……」

目《め》をかがやかせてたずねるケントに、クウは口《くち》ごもる。

「逃《に》げた後《あと》に、見逃《みのが》しちゃったの」

クウのかわりに、テンカがごまかす。

「でも、捜索隊《そうさくたい》に見《み》つからなくてよかった」

「そうか……ボクもねこまたと話《はなし》がしてみたかったなあ」

「きっと、ナツ……あのねこまたも、ケントくんに感謝《かんしゃ》してると思《おも》うよ。ケントくんがあそこで守《まも》ってくれなかったら、きっとねこまたは猟銃《りょうじゅう》で撃《う》たれてたと思《おも》う。だから……本当《ほんとう》にありがとう」

「幻獣《げんじゅう》のためなら当然《とうぜん》だよ」

そう言《い》ってほほえむと、ケントは髪《かみ》をかき上《あ》げた。

「夜《よる》もおそい。そろそろ、ボクらも帰《かえ》らないとね」

三人《さんにん》は公園《こうえん》の出口《でぐち》まで歩《ある》くと、そこで別《わか》れ、それぞれの家《いえ》に向《む》かった。

しかし、クウは数歩《すうほ》歩《ある》いたところで止《と》まった。テンカがいなくなったことを確認《かくにん》してから、急《いそ》いでケントの後《あと》を追《お》う。

ちょうど角《かど》を曲《ま》がり、人気《ひとけ》のない路地《ろじ》に入《はい》ったところだった。

「……ケントくん、待《ま》って！」

その声《こえ》を待《ま》っていたように止《と》まり、ケントはふり返《かえ》る。

「クウくん。どうしたんだい？」

「テンカちゃんはきっとだめって言《い》うだろうけど……やっぱりぼくは、ケントくんを信《しん》じたいんだ」

ケントの協力《きょうりょく》がなければ、ねこまたを救《すく》うことはできなかった。

（なにより、幻獣《げんじゅう》が大好《だいす》きだというケントくんの気持《きも》ちにうそはないはず）

「だから……ぼくの秘密《ひみつ》を教《おし》えるよ」

クウは、ケントに幻獣園《げんじゅうえん》のこと、そしてそこで自分《じぶん》たちが飼育員《しいくいん》として手伝《てつだ》いをしていることを話《はな》した。

ケントは真面目《まじめ》な顔《かお》で耳《みみ》をかたむけ、話《はなし》が終《お》わると感嘆《かんたん》の息《いき》をもらした。

「幻獣園《げんじゅうえん》……そんな場所《ばしょ》が本当《ほんとう》にあるんだね」

「うん。幻獣園《げんじゅうえん》は、ゆくゆくはケントくんみたいに幻獣《げんじゅう》が好《す》きな人《ひと》が、幻獣《げんじゅう》と交流《こうりゅう》するための場所《ばしょ》なんだ。でも、今《いま》は秘密《ひみつ》だから、他《ほか》の人《ひと》には教《おし》えちゃだめだよ」

「わかった。もちろん他言《たごん》しないよ。話《はな》してくれてありがとう」

ケントの目《め》が一瞬《いっしゅん》、光《ひか》った気《き》がした。二人《ふたり》はいつの間《ま》にか路地《ろじ》で立《た》ち止《ど》まったまま話《はな》していた。

「それで、その場所《ばしょ》へはどうやって行《い》くの？」

「……ごめん、幻獣園《げんじゅうえん》に行《い》く方法《ほうほう》だけは教《おし》えられないんだ」

「……そうか。さっきも、幻獣園《げんじゅうえん》に行《い》ってたんだね？」

「うん。でも、約束《やくそく》する。今《いま》は無理《むり》だけど、いつかケントくんを幻獣園《げんじゅうえん》に招待《しょうたい》する」

「ああ。そのときを楽《たの》しみにしてるよ。ボクも、幻獣園《げんじゅうえん》の力《ちから》になりたい」

ケントはにこりとほほえむと、ふたたび歩《ある》き出《だ》した。

「また明日《あした》ね！　クウくん」

一人歩《ひとりある》き出《だ》したケントは、小《こ》きざみに肩《かた》をゆらしていた。寒《さむ》いからではない。笑《わら》っているのだ。

「クウくん……やっぱり、そうだったんだね」

いつものさわやかな表情《ひょうじょう》は消《き》え、かわりにひどくゆがんだ笑《え》みが浮《う》かぶ。

「行《い》く方法《ほうほう》を教《おし》えてくれないなら……奥《おく》の手《て》を使《つか》うしかないか」

一瞬《いっしゅん》、ケントの脳裏《のうり》にクウとのやり取《と》りがよぎる。

――ケントくんって、幻獣《げんじゅう》とか伝説《でんせつ》のこと、すごく楽《たの》しそうに話《はな》すなあって。

――ぼくも大好《だいす》きだからよくわかるよ。

――約束《やくそく》する。今《いま》は無理《むり》だけど、いつかケントくんを幻獣園《げんじゅうえん》に招待《しょうたい》する。

ゆがんだ笑《え》みが、一瞬《いっしゅん》だけゆらぐ。しかし、それはほんの一瞬《いっしゅん》だった。

次《つぎ》の瞬間《しゅんかん》、ケントはふんと鼻《はな》を鳴《な》らすと、地面《じめん》の小石《こいし》を思《おも》いっきりけとばした。

「クウくん、きみはだまされているよ……だから、ボクが目《め》を覚《さ》ましてやる！」

はきすてるように言《い》うケントの口《くち》には、ゆがんだ笑《え》みがもどっていた。

ねこまた

おどりが好《す》きなネコの妖怪《ようかい》

基本《きほん》データ

生息地《せいそくち》	市街地《しがいち》、山《やま》
出《しゅっ》身《しん》	日本《にほん》
大《おお》きさ	約《やく》1m《メートル》
重《おも》さ	約《やく》10kg《キログラム》
外見《がいけん》の特徴《とくちょう》	ふつうのネコより大《おお》きく、尻尾《しっぽ》がふたつに分《わ》かれている。
特《とく》性《せい》	言葉《ことば》を話《はな》すことができる。
エサ	魚《さかな》の油《あぶら》
その他《た》	おどることが好《す》き。

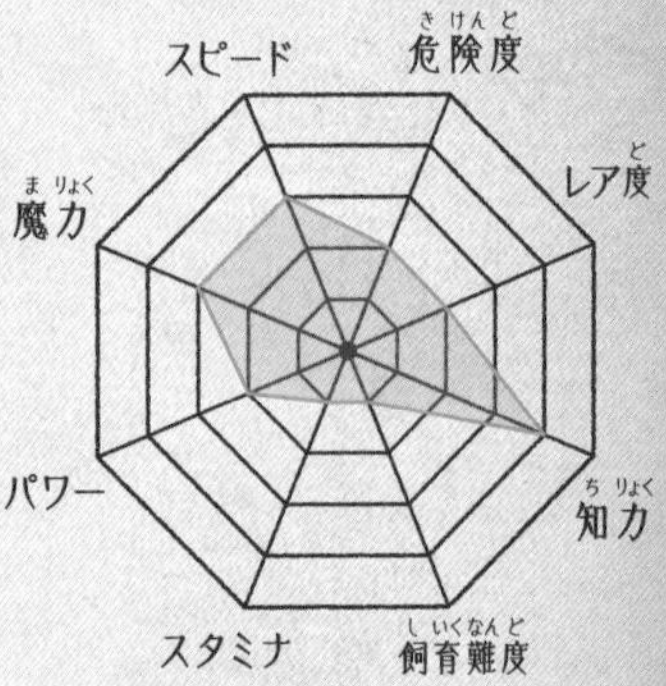

長生《ながい》きしたネコが変化《へんげ》

ねこまたは、長生《ながい》きしたネコが条件《じょうけん》を満《み》たすと変化《へんげ》するとされている。そんなねこまただが、近年《きんねん》増《ふ》えているというデータがある。ねこまたになるのはおよそ10歳以上《さいいじょう》だと言《い》われているのだが、医学《いがく》や食事《しょくじ》の進歩《しんぽ》でネコの平均寿命《へいきんじゅみょう》がのびているからだ。ねこまたはしっぽがふたつに分《わ》かれている。大《おお》きなネコを見《み》かけたら、しっぽを注意深《ちゅういぶか》く観察《かんさつ》してみよう。

おどることが大好《だいす》き

ねこまたはおどるのが大好《だいす》きだと言《い》われている。過去《かこ》の書物《しょもつ》でも、二本足《にほんあし》で立《た》って楽《たの》しそうにおどる姿《すがた》が描《えが》かれている。もしねこまたと仲《なか》よくなりたいなら、いっしょになっておどってみるといいだろう。その際《さい》には手《て》ぬぐいかタオルを用意《ようい》しておくべきだ。ねこまたは頭《あたま》に布《ぬの》をかぶっておどるので、仲間《なかま》だと思《おも》ってくれるはずだ。

BREEDING CORNER

飼育《しいく》コーナー　～好物《こうぶつ》は魚《さかな》の油《あぶら》～

ねこまたの好物《こうぶつ》は油《あぶら》だ。とくに『行灯《あんどん》』という、昔《むかし》の照明《しょうめい》に使《つか》われる油《あぶら》が大好《だいす》きだったという。ねこまたがこれを好《この》む理由《りゆう》は、行灯《あんどん》の油《あぶら》には『魚油《ぎょゆ》』という魚《さかな》から採《と》れる油《あぶら》が多《おお》く使《つか》われていたからだと考《かんが》えられる。もしねこまたを飼育《しいく》することになったら、しつけのごほうびに魚《さかな》の油《あぶら》を用意《ようい》してあげるといいだろう。

一《ひと》つ目《め》の巨《きょ》人《じん》

GARDEN OF MYTHS AND LEGENDS

「え？　ケントくんに、幻獣園《げんじゅうえん》のことを教《おし》えた!?」

「テンカちゃん、しーっ」

クウはあわてて周《まわ》りを見《み》た。昼休《ひるやす》みの廊下《ろうか》はさわがしく、だれも聞《き》いている様子《ようす》はない。

それでも、クウはさらに声《こえ》を落《お》とした。

「ケントくん、とてもよろこんでくれたよ。自分《じぶん》も幻獣園《げんじゅうえん》を手伝《てつだ》いたいって。幻獣《げんじゅう》にもくわしいし、とても物知《ものし》りだから、心強《こころづよ》い味方《みかた》になると思《おも》うんだ」

「ちょ、ちょっと待《ま》って！」

テンカは、早口《はやくち》でまくしたてるクウの言葉《ことば》を制《せい》して、じっと目《め》を見《み》つめた。

「ゲンジさんはそのことを知《し》ってるの？」

クウは決《き》まり悪《わる》そうに、首《くび》を横《よこ》にふる。

「わたしたち、ゲンジさんと約束《やくそく》したじゃん。絶対《ぜったい》に幻獣園《げんじゅうえん》のことは言《い》わないって。しかも、ケントくんはあやしいよ。アカリさんが、ケントくんはヘルハントかもしれないって」

「そんな！　ケントくんは、体《からだ》を張《は》ってナツメを助《たす》けようとしたよ」

「そんなの演技《えんぎ》かもしれないでしょ？　勝手《かって》すぎるよ、クウは。これじゃあ、わたしたちクビだよ」

「……クビ？」

クウはぴたりと止《と》まった。その可能性《かのうせい》はまったく考《かんが》えていなかったのだ。

「そう、めちゃくちゃ怒《おこ》られて、二人《ふたり》ともクビ。二度《にど》と幻獣園《げんじゅうえん》に行《い》けなくなる！」

動揺《どうよう》したクウは、言葉《ことば》をかえせずに身《み》をかたくする。

「クウは本《ほん》ばっかり読《よ》んでる頭《あたま》でっかちだから、友達《ともだち》もできないし、すぐだまされるんだよ！」

そう言《い》い残《のこ》すと、テンカは怒《いか》りで顔《かお》を赤《あか》くしたまま教室《きょうしつ》にもどってしまった。

チャイムが鳴《な》り、一日《いちにち》の授業《じゅぎょう》が終《お》わった。五年二組《ごねんにくみ》の子《こ》どもたちは、ホームルームが始《はじ》まるまでわいわいとさわぎながら待《ま》っている。

クウは席《せき》でぼんやりとしていた。

(ゲンジさんとの約束《やくそく》をやぶって幻獣園《げんじゅうえん》のことを話《はな》したのは、たしかによくなかった。だけど、ケントくんはきっと幻獣園《げんじゅうえん》の強《つよ》い味方《みかた》になってくれるはず……あのケントくんがヘルハントなわけない)

クウはちらりとケントの席《せき》の方《ほう》を見《み》る。

ケントはクラスメイトたちにかこまれて、楽《たの》しく話《はな》していた。

(……でも、たしかにぼくはケントくんのことをなにも知《し》らない)

ケントは幻獣《げんじゅう》の話《はなし》はたくさんするが、自分《じぶん》のことはあまり話《はな》そうとしない。

ふと、ケントと視線《しせん》がぶつかった。ケントはにっこりと笑《わら》うと、立《た》ち上《あ》がって歩《あゆ》みよってきた。

「ねえねえ、クウくん。よかったら、今日《きょう》ボクの家《いえ》に遊《あそ》びに来《こ》ないかい?」

「え……」

急《きゅう》なさそいに、言葉《ことば》がつまる。

「クウくんと最後《さいご》にいろいろとお話《はなし》をしたいと思《おも》ってね」

「……最後《さいご》って?」

「実《じつ》はボク、もうすぐこの町《まち》をはなれるんだ」

「そんな……引《ひ》っ越《こ》しちゃうの!?」

「うん、親《おや》の仕事《しごと》の都合《つごう》でね。だから、仲《なか》よくなったクウくんと幻獣《げんじゅう》の話《はなし》を思《おも》いっきりしたくて」

「もちろん、行《い》くよ」

――クウは本《ほん》ばっかり読《よ》んでる頭《あたま》でっかちだから、友達《ともだち》もできないし、すぐだまされるんだよ！

さきほどテンカに言《い》われた言葉《ことば》が、頭《あたま》の中《なか》にひびく。

「荷物《にもつ》だけ家《いえ》に置《お》いてから行《い》っていい？　あとで、商店街《しょうてんがい》で待《ま》ち合《あ》わせしよう」

下校時間《げこうじかん》。テンカは校門《こうもん》の前《まえ》で、クウを待《ま》っていた。通《とお》りすぎるクラスメイトが、テンカの顔《かお》を心配《しんぱい》そうにのぞきこむ。

「どうしたの？　テンカちゃん、今日全然元気《きょうぜんぜんげんき》ないね」

「そ、そう？　めちゃくちゃ元気《げんき》だよ！」

笑顔《えがお》をつくってみせたテンカだが、クラスメイトが去《さ》ると、ふたたびうつむいた。

(クウに言《い》いすぎちゃったな……どうしたらいいのかな)

しばらくしても、クウはあらわれない。先《さき》に帰《かえ》ってしまったのだろうとあきらめ、テンカは一人《ひとり》で歩《ある》きはじめた。今日《きょう》はクウがいないので、ぬけ道《みち》を探《さが》す遊《あそ》びもしない。商店街《しょうてんがい》の近《ちか》くに差《さ》しかかったときだった。ふと、通《とお》りの向《む》こう側《がわ》にクウとケントが歩《ある》いているのが見《み》えた。

(あれ……)

ぎゅっと胸《むね》をしめつけられるような感《かん》じがする。二人《ふたり》は角《かど》を曲《ま》がり、クウの家《いえ》とは反対方向《はんたいほうこう》に向《む》かっていく。

(どこに行《い》くんだろ?)

気《き》づくと、あとをつけて歩《ある》いていた。

二人《ふたり》はバス停《てい》のある大《おお》きな通《とお》りに出《で》ると、ちょうど来《き》たバスに乗《の》りこんだ。プシュー と音《おと》を立《た》ててとびらが閉《し》まり、バスが走《はし》り出《だ》す。

テンカはあわてて駆《か》けよったが、バスは二人《ふたり》を乗《の》せて走《はし》り去《さ》っていった。

「ボク、毎日《まいにち》となり町《まち》からバスで学校《がっこう》に通《かよ》っていたんだ」

クウとケントは、バスの最後尾《さいこうび》の席《せき》にならんですわっていた。ケントはうれしそうに、まどの外《そと》に目《め》を向《む》けている。

見《み》なれた風景《ふうけい》がどんどんすぎ去《さ》り、遠《とお》ざかっていく。

バスは平泉町《ひらいずみちょう》を出《で》て、となり町《まち》に入《はい》った。最初《さいしょ》はたくさんいた乗客《じょうきゃく》も、だいぶへってきた。

「ボクは転校《てんこう》が多《おお》くて、なかなか話《はなし》の合《あ》う友達《ともだち》を見《み》つけられなかった。幻獣《げんじゅう》のことを、こんなに話《はな》すことができたのはクウくんだけさ。きみと友達《ともだち》になれて、うれしいよ」

「ぼ、ぼくだって幻獣《げんじゅう》のことでこんなに話《はなし》が合《あ》う友達《ともだち》は、ケントくんが初《はじ》めてだよ！　せっかく仲《なか》よくなれたのに、もうお別《わか》れだなんて……」

キーッと、バスがブレーキをかけた。もう車内《しゃない》にはクウとケントしかいない。

「ここだよ」

ケントにうながされて、クウはバスをおりた。

目《め》の前《まえ》には、灰色《はいいろ》の大《おお》きな工場《こうじょう》が立《た》ちならんでいた。入《い》り乱《みだ》れるパイプや、複雑《ふくざつ》に交差《こうさ》する階段《かいだん》。人《ひと》がいる様子《ようす》は、まったくない。

「……こんなところに、ケントくんの家族《かぞく》が住《す》んでるの？」

「ああ、そうさ。ここはかつて、工場《こうじょう》だった場所《ばしょ》でね。ボクはとても気《き》に入《い》ってるんだ……さあ、家《いえ》はもうすこし先《さき》に行《い》ったところだよ」

とまどうクウをよそに、ケントは廃工場《はいこうじょう》へと続《つづ》く大《おお》きな門《もん》のかぎを開《あ》け、敷地内《しきちない》へと入《はい》った。クウも後《あと》に続《つづ》く。工場《こうじょう》の敷地《しきち》は広大《こうだい》で、大《おお》きな建物《たてもの》がいくつもならんでいた。建物《たてもの》の前《まえ》には広場《ひろば》がある。昔《むかし》は駐車場《ちゅうしゃじょう》として使《つか》われていたのかもしれない。

「ここで待《ま》ってて。家族《かぞく》を呼《よ》んでくるね」

学校《がっこう》の校舎《こうしゃ》と同《おな》じくらい大《おお》きな建物《たてもの》の前《まえ》にたどり着《つ》くと、ケントはわきにあるとびらから中《なか》に入《はい》った。クウは外《そと》の広場《ひろば》で一人《ひとり》、立《た》って待《ま》った。

ほどなくして、空《そら》が暗《くら》くなってきた。暗雲《あんうん》がたちこめ、ぱらぱらと雨《あめ》がふり始《はじ》める。寒気《さむけ》を感《かん》じて、クウは身《み》ぶるいした。胸《むね》に不安《ふあん》がこみあげてくる。

（なんか、おかしい……）

突然《とつぜん》、目《め》の前《まえ》の建物《たてもの》のシャッターがゴーッと音《おと》を立《た》てて開《ひら》いた。

軒下《のきした》に止《と》まっていたコウモリたちが、不吉《ふきつ》な鳴《な》き声《ごえ》を上《あ》げていっせいに飛《と》び立《た》つ。

「さあ、クウくん。おいで」

中《なか》の暗闇《くらやみ》から、ケントの声《こえ》が聞《き》こえた。

〈ダレカ、キタナ〉

幻獣《げんじゅう》の、心《こころ》の声《こえ》が聞《き》こえる。クウは身《み》がまえて、とっさにポケットにしのばせていた幻獣《げんじゅう》グラスをかけた。

じっと目《め》をこらし、入《い》り口《ぐち》から中《なか》をのぞきこむ。奥《おく》で、オレンジ色《いろ》の火花《ひばな》が一定《いってい》のリズムで飛《と》び散《ち》っている。

カーン……カーン……カーン……。

鉄《てつ》をたたく音《おと》。大《おお》きな影《かげ》が動《うご》くたび、火花《ひばな》がパッとかがやく。

すこしして、音《おと》と光《ひかり》が消《き》えた。ぼんやりと見《み》える影《かげ》がのそりと立《た》ち上《あ》がり、ぎょろりとした一《ひと》つ目《め》がこちらをふりかえる。

（あれは……）

どしん、どしん、と地《じ》ひびきが起《お》こる。奥《おく》からあらわれたのは、ハンマーを手《て》にした巨人《きょじん》だった。顔《かお》にはひげが生《は》え、中心《ちゅうしん》に大《おお》きな目《め》がひとつだけついている。身長《しんちょう》は、5、6m《メートル》はあるだろう。首《くび》には、チョーカーのような首輪《くびわ》が巻《ま》きついていた。首輪《くびわ》はうっすらと赤《あか》く光《ひか》っている。

クウは息《いき》をのんでつぶやいた。

「サイクロプス……」

その背後《はいご》から、ケントが出《で》てくる。手《て》には小《ちい》さな機械《きかい》がにぎられていた。

「これがボクの家族《かぞく》だよ。あるいは……しもべ、と呼《よ》ぶべきかな。このコントローラーを使《つか》えば、幻獣《げんじゅう》をあやつれるんだ。われわれヘルハントの、最新《さいしん》の発明品《はつめいひん》さ」

見《み》たことのないケントの冷《つめ》たい表情《ひょうじょう》に、クウは衝撃《しょうげき》を受《う》けた。

「きみは本当《ほんとう》にヘルハントなの……？　幻獣《げんじゅう》に一度《いちど》でも会《あ》いたいと言《い》ってたのはうそだったの？」

ケントは答《こた》えない。かわりに、サイクロプスに語《かた》りかける。

「こいつは、幻獣園《げんじゅうえん》という危険《きけん》な組織《そしき》の一味《いちみ》だ。きみたちのような存在《そんざい》を、利用《りよう》しよ

うとしている悪《わる》い人間《にんげん》さ」

「ユルセナイ……」

次《つぎ》の瞬間《しゅんかん》、クウの体《からだ》に衝撃《しょうげき》が走《はし》り、ぶわっと体《からだ》が持《も》ち上《あ》げられる。サイクロプスにつかみ上《あ》げられたのだ。

クウはサイクロプスの手《て》ににぎられたまま、建物《たてもの》の中《なか》へ連《つ》れていかれた。かつては工場《こうじょう》の一部《いちぶ》だったのだろう――建物《たてもの》の中《なか》はうす暗《ぐら》く、打《う》ちすてられた部品《ぶひん》やがらくたが散《ち》らばっている。鉄《てつ》パイプや段《だん》ボールなどがあちこちにつまれていた。

「まだ殺《ころ》すんじゃないぞ。情報《じょうほう》を引《ひ》き出《だ》してからだ」

そう言《い》ってサイクロプスを制《せい》すると、ケントは部屋《へや》の中央《ちゅうおう》に置《お》かれたいすにすわった。腕《うで》を組《く》み、身動《みうご》きの取《と》れないクウに話《はな》しかける。

「クウくん、ボクはたしかにヘルハントの一員《いちいん》だ。ある使命《しめい》を持《も》って、この町《まち》にやってきた。きみに近《ちか》づいたのも、そのためだ。きみたちが本当《ほんとう》に幻獣園《げんじゅうえん》の飼育員《しいくいん》かたしかめるために、甲神山《こうじんやま》にバジリスクを放《はな》ったのもボクだ」

ケントの言葉《ことば》を聞《き》いて、クウは全身《ぜんしん》から力《ちから》がぬけていくような感覚《かんかく》を味《あじ》わった。

（たぶんぼくは、ケントくんが友達《ともだち》だって信《しん》じたかったんだ）

「幻獣園《げんじゅうえん》に行《い》く方法《ほうほう》を教《おし》えるんだ」

クウはなにも言《い》わずに、じっとケントを見《み》つめかえす。

「早《はや》く。教《おし》えてくれれば、危害《きがい》は加《くわ》えない」

「……ぼくは、ケントくんを友達《ともだち》だと思《おも》っていた」

言《い》いながら、クウの目《め》にじんわりとなみだが浮《う》かぶ。

ケントはゆっくり頭《あたま》を横《よこ》にふる。その顔《かお》は無表情《むひょうじょう》だった。

「きみたちが、ヘルハントのじゃまをするかぎり、ボクはきみの友達《ともだち》になんかなれない」

サイクロプスが手《て》の力《ちから》を強《つよ》めた。クウはいたみで声《こえ》を上《あ》げる。

「さあ、にぎりつぶされたくなかったら話《はな》すんだ。さもなければ――」

突然《とつぜん》、サイクロプスの目《め》に、なにかがすごい勢《いきお》いで直撃《ちょくげき》した。

サイクロプスはうおおっとさけぶと、つかんでいたクウを放《ほう》り投《な》げた。そのまま、目《め》をおさえてうなり声《ごえ》を上《あ》げる。

クウは、段《だん》ボールの山《やま》に投《な》げ出《だ》されて地面《じめん》に転《ころ》がった。

「だれだっ！」

ケントがふりかえる。

「クウの友達《ともだち》だよ。あなたとちがって、本物《ほんもの》のね」

入《い》り口《ぐち》に、テンカが立《た》っている。幻獣《げんじゅう》グラスをかけ、手《て》には野球《やきゅう》のバットがにぎられていた。どうやらあの距離《きょり》から、サイクロプスの目《め》に弾丸《だんがん》ライナーを打《う》ちこんだらしい。

「クウ！　早《はや》くそこからはなれて！」

「テンカちゃん！」

クウはあわててテンカに駆《か》けよった。

「なぜここに……。サイクロプス、二人《ふたり》をとらえろ！」

うずくまっていたサイクロプスが、首輪《くびわ》に引《ひ》っぱられるようにクウとテンカの方《ほう》を向《む》き、どしん、どしんと歩《ある》きはじめる。

「逃《に》げろ！」

クウとテンカはとびらから外《そと》へ飛《と》び出《だ》した。外《そと》では雨《あめ》がはげしくふっている。ずぶぬれになりながら、二人《ふたり》はとなりの建物《たてもの》の陰《かげ》にかくれた。

「どうして、ここが……？」

息《いき》を切《き》らしながらクウがたずねる。

「偶然見《ぐうぜんみ》かけて、商店街《しょうてんがい》であわてて自転車《じてんしゃ》を借《か》りて追《お》いかけてきたんだ。本当《ほんとう》に、世話《せわ》がやけるんだから」

テンカは安心《あんしん》したような笑顔《えがお》で言《い》った。

「テンカちゃん、ありがとう……そして、忠告《ちゅうこく》を聞《き》かなくてごめん」

「ううん、わたしこそ。ひどいこと言《い》ってごめんね。はい、仲直《なかなお》り」

二人《ふたり》は手《て》を上《あ》げると、ぱしん、とハイタッチを交《か》わした。

「ところで、さっきの巨人《きょじん》はなに？　すごい迫力《はくりょく》だったけど」

「サイクロプスだよ。怒《おこ》ると凶暴《きょうぼう》で、動物《どうぶつ》や人間《にんげん》も食《た》べるといわれている巨人《きょじん》だ」

「え、人《ひと》も食《た》べちゃうの!?」

「でも本来《ほんらい》はかしこくて、大人《おとな》しい生《い》き物《もの》なんだ。原種《げんしゅ》のサイクロプスは、天空神《てんくうしん》ウラノスと地母神《ちぼしん》ガイアの間《あいだ》に生《う》まれた神《かみ》の子《こ》だった。でも、その見《み》た目《め》が理由《りゆう》で父親《ちちおや》にきらわれて、地下《ちか》の世界《せかい》に追《お》いやられてしまったんだ」

「ひどい……！」

「故郷《こきょう》をはなれてくらさざるをえなくなったサイクロプスの心《こころ》はすさんで、人間《にんげん》や動物《どうぶつ》をおそうようになった。やがて、火《ひ》のあつかいがうまくて手先《てさき》が器用《きよう》だったから、鍛冶職人《かじしょくにん》としてはたらくようになる。ゼウスをはじめとする神《かみ》がみのために武器《ぶき》を作《つく》ったと言《い》われているんだ」

「ただの乱暴者《らんぼうもの》じゃないんだね」

テンカの言葉《ことば》に、クウはこくりとうなずく。

「あのサイクロプスを、なんとかして助《たす》けてあげたいんだけど……」

そのとき、低《ひく》いエンジン音《おと》が空《そら》からひびき、二人《ふたり》ははっと見上《みあ》げた。宙《ちゅう》を飛《と》ぶバイクの一団《いちだん》が、真《ま》っ黒《くろ》な雨雲《あまぐも》のようにこちらへ向《む》かっていた。バイクに乗《の》った男《おとこ》たちは、黒《くろ》い鎧《よろい》を着《き》ている。

クウはぎりっと歯《は》ぎしりした。

「来《き》たな、ヘルハント」

空《そら》からおり立《た》ったヘルハントは、整然《せいぜん》と広場《ひろば》にならんでいた。バイクからおりた捕《ほ》獲部隊《かくぶたい》のリーダー・クロガネは、ゆっくりとケントに歩《あゆ》みよった。

雨《あめ》にぬれたその顔《かお》はきびしく、冷《つめ》たい。

「なにをもたついている、ケント。せっかく手柄《てがら》を立《た》てるチャンスをあたえたのに、逃《に》がすとはどういうことだ」

「すみません」

ケントは身《み》をかたくしてうつむいていた。

クロガネはケントがにぎっていた小《ちい》さな機械《きかい》をうばい取《と》る。

「最初《さいしょ》からこうすればいいだろ！」

クロガネがコントローラーを操作《そうさ》すると、サイクロプスがさけび声《ごえ》を上《あ》げた。首輪《くびわ》がはげしく光《ひか》り、がくがくと体《からだ》がふるえる。

「急激《きゅうげき》にエネルギーを強《つよ》めたら、サイクロプスに負荷《ふか》がかかりすぎてしまいます」

あせった様子《ようす》でケントが言《い》う。しかし、クロガネは気《き》にする様子《ようす》もない。

「こいつらのかわりは、いくらでもいる。さあ、二人《ふたり》を探《さが》し出《だ》して連《つ》れてこい！」

「ハイ……クロガネサマ……」

サイクロプスはゆっくりと起《お》き上《あ》がる。

「あのガキどもが、おまえのことを笑《わら》ってたぞ。みにくい怪物《かいぶつ》だとな。さあ、おまえたちも行《い》け！」

クロガネの号令《ごうれい》で、サイクロプスとアンドロイドたちはいっせいに動《うご》きはじめた。

クウとテンカは建物《たてもの》の外階段《そとかいだん》のおどり場《ば》で、息《いき》をひそめていた。

サイクロプスはすぐそこまでせまっている。

「なんとなく、見《み》えてきたぞ。あの首輪《くびわ》を通《とお》して、幻獣《げんじゅう》をあやつっているんだな」

クウがつぶやいた瞬間《しゅんかん》、カツンカツンと下《した》から足音《あしおと》が聞《き》こえた。

はっと見下《みお》ろすと、鉄線銃《てっせんじゅう》をかまえた数人《すうにん》のアンドロイドたちが、階段《かいだん》を上《のぼ》ってきていた。

とっさに、テンカが先頭《せんとう》のアンドロイドにバットで強烈《きょうれつ》な一撃《いちげき》を決《き》めた。アンドロイドはたおれ、うしろを巻《ま》きこみながら階段《かいだん》を転《ころ》がり落《お》ちていく。

「うわあ、ナイスバッティング……」

「なに言《い》ってんの。今《いま》のうちに屋上行《おくじょうい》くよ！」

クウとテンカは屋上《おくじょう》へと階段《かいだん》を駆《か》け上《あ》がる。しかし、屋上《おくじょう》に出《で》た瞬間《しゅんかん》、無数《むすう》の鉄線《てっせん》銃《じゅう》が二人《ふたり》に向《む》けられた。

「え!?」

そこには、クロガネとアンドロイドたちが待《ま》ちかまえていた。先回《さきまわ》りされていたのだ。その奥《おく》からは、サイクロプスの顔《かお》がぬっとのぞく。

「また会《あ》えてうれしいよ。この間《あいだ》はよくも、狩《か》りのじゃまをしてくれたな」

クウとテンカはそっと体《からだ》をよせ合《あ》った。テンカがバットをかまえ直《なお》す。

「むだな抵抗《ていこう》はやめろ。この鉄線銃《てっせんじゅう》は幻獣用《げんじゅうよう》でね……。人《ひと》に使《つか》うと、後処理《あとしょり》が大変《たいへん》なんだ」

クウとテンカはアンドロイドに両腕《りょううで》をつかまれると、最初《さいしょ》にサイクロプスが出《で》てき

た建物《たてもの》に連《つ》れていかれた。鉄線銃《てっせんじゅう》を突《つ》きつけられたまま、床《ゆか》にひざまずく。

ケントはすこしはなれたところから、顔《かお》を下《した》に向《む》けて、じっとその様子《ようす》を見《み》ていた。

「さあ、幻獣園《げんじゅうえん》に行《い》くための方法《ほうほう》を教《おし》えろ」

クロガネが言《い》う。

「言《い》わないよ」

テンカが強気《つよき》に言《い》い返《かえ》す。

「おまえら、命《いのち》がおしくないのか？」

「幻獣《げんじゅう》たちを危険《きけん》な目《め》にあわせるわけにはいかない！」

クウは声《こえ》をはり上《あ》げて言《い》った。クロガネの目《め》がすっと細《ほそ》くなる。

「……そうか、わかった。そいつらをサイクロプスの前《まえ》に出《だ》せ」

アンドロイドたちはクウとテンカの腕《うで》を引《ひ》っぱり、サイクロプスの前《まえ》に立《た》たせた。

「クロガネさま。待《ま》ってください」

緊張《きんちょう》した声《こえ》が上《あ》がる。声《こえ》の主《ぬし》はケントだった。

「二人《ふたり》を殺《ころ》してしまっては、幻獣園《げんじゅうえん》に行《い》く方法《ほうほう》はわからないままです」

「作戦変更《さくせんへんこう》だ。ゲンジへの見《み》せしめにする。さあ、サイクロプス。こいつらをいためつけろ」

クロガネがコントローラーを操作《そうさ》すると、ふたたびサイクロプスが苦《くる》しそうにうめきはじめた。

「やめなよ！　苦《くる》しんでるでしょ！」

テンカがさけんだ。クロガネは高《たか》らかに笑《わら》う。

「こんな怪物《かいぶつ》のことより自分《じぶん》のことを心配《しんぱい》しろ」

クウは、頭《あたま》をフル回転《かいてん》させた。

（あの首輪《くびわ》を外《はず》すことができたら……）

もう一度《いちど》、首輪《くびわ》を見《み》る。そして、以前《いぜん》ゲンジに言《い》われたことを思《おも》い出《だ》す。

やったことはないが、できるだろうか？

サイクロプスが力《ちから》をこめて、両手《りょうて》を高《たか》く上《あ》げる。クウは目《め》をつぶって強《つよ》く念《ねん》じた。

とどくかわからない、一《いち》か八《ばち》かの勝負《しょうぶ》――。

〈**ツムジ、お願《ねが》い！　助《たす》けて！**〉

〈待《ま》ってたぜ〉

声《こえ》が、通《つう》じた。

つむじ風《かぜ》が巻《ま》き起《お》こる。入《い》り口《ぐち》のとびらが吹《ふ》き飛《と》ばされた。クロガネの高笑《たかわら》いが悲《ひ》鳴《めい》に変《か》わる。

クウは、ゆっくりと目《め》を開《あ》けた。

突然巻《とつぜんま》き起《お》こった突風《とっぷう》が、ヘルハントを混乱《こんらん》におとしいれていた。サイクロプスは風《かぜ》から目《め》をふせぐのにせいいっぱいで、動《うご》けなくなっている。

突風《とっぷう》の中心《ちゅうしん》で、あしの鎌《かま》をふり回《まわ》しているのが、かまいたちのツムジだ。回転《かいてん》しながら、次《つぎ》つぎとアンドロイドを切《き》りたおしていく。

「ツムジ？　でも、どうやって」

「テンカちゃんが石《いし》にされちゃったとき、契約《けいやく》を結《むす》んだんだ。ぼくの心《こころ》の声《こえ》さえとどけば、ツムジを呼《よ》び出《だ》せるように」

テンカに説明《せつめい》する間《あいだ》、クウの頭《あたま》にはツムジの思考《しこう》と感情《かんじょう》が流《なが》れこんでくる。

（左《ひだり》に三人《さんにん》……）

（あの武器《ぶき》は気《き》をつけないとな）

今《いま》までになく、幻獣《げんじゅう》と心《こころ》が一体化《いったいか》している。

以前《いぜん》、ゲンジは幻獣《げんじゅう》たちと心《こころ》を通《かよ》わせて、ヘルハントを撃退《げきたい》していた。

（もしかして、ぼくとゲンジさんは同《おな》じ能力《のうりょく》を持《も》っているんだろうか？）

「くそ！」

次《つぎ》つぎと鉄《てつ》くずとなり、黒《くろ》い霧《きり》となって消《き》えていくアンドロイドを見《み》わたしながら、クロガネはサイクロプスをふりあおいだ。

「サイクロプス、やつらをたたきつぶせ！」

「待《ま》ってください！」

ケントはコントローラーをうばい取《と》ろうと、必死《ひっし》にクロガネに飛《と》びついた。

「クロガネ様《さま》、危険《きけん》すぎます！」

「じゃまするな！　上官《じょうかん》にさからうとは！」

クロガネはケントをなぐり飛《と》ばし、コントローラーを操作《そうさ》した。

サイクロプスは顔《かお》を真《ま》っ赤《か》にして悲鳴《ひめい》を上《あ》げると、なみだを流《なが》しながら、ところかまわず腕《うで》をふり下《お》ろしはじめた。拳《こぶし》が血《ち》だらけになりながらも、その動《うご》きは止《と》まらない。いたみに苦《くる》しみながらも、止《と》まれないのだ。

〈ツムジ、サイクロプスの首輪《くびわ》だ〉

〈了解《りょうかい》！〉

「テンカちゃん、たのんだ！」

クウがさけんだ瞬間《しゅんかん》、ツムジがテンカの腕《うで》に飛《と》び乗《の》る。クウとテンカが視線《しせん》を交《か》わす。説明《せつめい》はいらなかった。

「ストレート、一本勝負《いっぽんしょうぶ》！」

テンカは大《おお》きくふりかぶると、ぶん、と投《な》げた。ツムジは矢《や》のようにサイクロプスの首《くび》めがけて飛《と》んでいく。あばれくるうサイクロプスには、それをよける余裕《よゆう》がなかった。

するどい刃《やいば》が光《ひか》り、首輪《くびわ》がすぱっと断《た》ち切《き》られる。サイクロプスは声《こえ》も上《あ》げず、床《ゆか》にたおれこんだ。衝撃《しょうげき》で、建物《たてもの》がゆれる。

クロガネは、怒《いか》りにふるえながらあたりを見回《みまわ》した。アンドロイドは残《のこ》り数体《すうたい》しかいない。

「退《ひ》くぞ——ケント、おまえにはじっくりと罪《つみ》をつぐなってもらうからな」

クロガネはケントの腕《うで》をつかむと、強引《ごういん》にケントを外《そと》へ連《つ》れ出《だ》し、バイクのうしろに乗《の》せた。

ふりかえるケントは、建物《たてもの》から出《で》てきたクウと目《め》が合《あ》った。

「ケントくん……」

低《ひく》いエンジン音《おん》が鳴《な》り、バイクが空《そら》へと飛《と》び立《た》つ。数台《すうだい》のバイクがそれを追《お》うように飛《と》んでいった。

〈今《いま》なら、まだ切《き》れるぜ〉

クウの頭《あたま》によじ登《のぼ》ったツムジが、そっと言《い》う。しかし、クウは首《くび》を横《よこ》にふった。

〈行《い》かせよう。ケントくんを傷《きず》つけたくない〉

やがて、バイクは遠《とお》くの空《そら》へと消《き》えていき、見《み》えなくなってしまった。

クウとテンカは建物《たてもの》にもどると、たおれているサイクロプスの元《もと》に駆《か》けよった。

「大丈夫《だいじょうぶ》、気絶《きぜつ》してるだけみたい」

クウとテンカは、サイクロプスの横《よこ》にしゃがみこんだ。

「それにしてもわたしたち、よくやったよ。あのおそろしい首輪《くびわ》はなに？」

「新《あたら》しい発明品《はつめいひん》らしい。早《はや》くゲンジさんとアカリさんにも知《し》らせないと。ああ、大変《たいへん》なことになっちゃったな……。ヘルハントはこれからなにをしてくるか、わからないし」

ううっ、とサイクロプスがうめき声《ごえ》を上《あ》げる。二人《ふたり》は苦《くる》しそうにゆがむその顔《かお》をのぞきこんだ。

「でもね、わたしたちには仲間《なかま》がいる」

サイクロプスの頭《あたま》をなでながら、テンカはつぶやいた。

「ケントくんにも、このサイクロプスにも、なかったもの。それだけで、大丈夫《だいじょうぶ》だって思《おも》えるんだ」

クウの肩《かた》に乗《の》ったツムジが、頭《あたま》をこすりつけてくる。そのぬくもりに感謝《かんしゃ》しながら、クウもそっとサイクロプスの額《ひたい》に手《て》を当《あ》てた。

「そうだね……その通《とお》りだ」

サイクロプス

神《かみ》に仕《つか》えた 一《ひと》つ目《め》の巨人《きょじん》

基本《きほん》データ

生息地《せいそくち》	どうくつ
出《しゅっ》身《しん》	ギリシャ
大《おお》きさ	平均《へいきん》5m《メートル》
重《おも》さ	平均《へいきん》400kg《キログラム》
外見《がいけん》の特徴《とくちょう》	額《ひたい》の真《ま》ん中《なか》に大《おお》きな一《ひと》つ目《め》がある。
性《せい》格《かく》	おとなしく、もの静《しず》か。怒《おこ》ると手《て》がつけられなくなる。
エサ	穀物《こくもつ》、果物《くだもの》、ヒツジ、人間《にんげん》。好物《こうぶつ》は酒《さけ》。
その他《た》	卓越《たくえつ》した鍛冶技術《かじぎじゅつ》を持《も》っている。

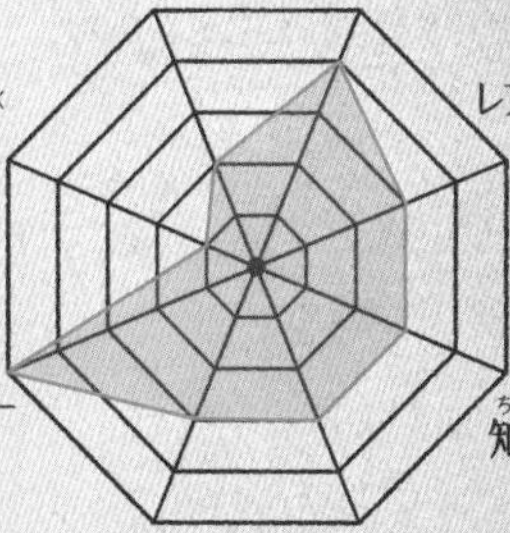

驚異的《きょういてき》な鍛冶技術《かじぎじゅつ》

大地《だいち》の女神《めがみ》ガイアと天空神《てんくうしん》ウラノスの間《あいだ》に生《う》まれたが、その見《み》た目《め》から父《ちち》ウラノスにきらわれ、すてられた。その後《ご》、人《にん》間《げん》に迫害《はくがい》され、群《む》れでどうくつや島《しま》にかくれてくらすようになり、独自《どくじ》の鍛冶《かじ》技術《ぎじゅつ》を発展《はってん》させた。戦乱《せんらん》の時代《じだい》には、武具職人《ぶぐしょくにん》として神《かみ》がみや人間《にんげん》にやとわれた。ゼウスの雷《かみなり》、アポロンの弓《ゆみ》、アテナの鎧《よろい》などの武具《ぶぐ》を作《つく》ったとされる。

弱点《じゃくてん》は大《おお》きな一《ひと》つ目《め》

巨石《きょせき》を持《も》ち上《あ》げたり、大木《たいぼく》を引《ひ》っこぬいたりすることができる巨体《きょたい》と怪力《かいりき》の持《も》ち主《ぬし》。そんなサイクロプスの弱点《じゃくてん》は大《おお》きな一《ひと》つ目《め》。ふつうの生物《せいぶつ》より大《おお》きいため、的《まと》にしやすく、急所《きゅうしょ》である。また、サイクロプスは人間《にんげん》にだまされ、迫害《はくがい》されてきた歴《れき》史《し》があるため、基本的《きほんてき》に人間《にんげん》を信用《しんよう》しない。

BREEDING CORNER

飼育《しいく》コーナー　～好《す》きなことをやらせよう～

鍛冶作業《かじさぎょう》をするとき以外《いがい》は、のんびりした性格《せいかく》で昼寝《ひるね》が大好《だいす》き。人間《にんげん》のように穀物《こくもつ》や果実《かじつ》を集《あつ》め、牧羊《ぼくよう》も行《おこな》う。好物《こうぶつ》は酒《さけ》だが、よっぱらうと狂暴《きょうぼう》になることがあるため注意《ちゅうい》が必要《ひつよう》。あばれると人《ひと》をおそい、最悪《さいあく》の場合《ばあい》、食《た》べようとしてしまう。鍛冶場《かじば》で作業《さぎょう》させることで、まずは居場所《いばしょ》をあたえよう。

エピローグ

ブォォオン、ガチーン。

ブォォオン、ガチーン。

サイクロプスが大《おお》きなハンマーを頭上《ずじょう》にかかげ、ふり下《お》ろす。熱《ねっ》して赤《あか》くなった鉄《てつ》が、ハンマーに打《う》たれ、すこしずつ形《かたち》を変《か》えていく。

アカリの研究所《けんきゅうじょ》の庭《にわ》に、新《あたら》しく鍛冶場《かじば》がつくられた。近《ちか》くでは、腕組《うでぐ》みしたアカリとゲンジがながめている。

「こんな優秀《ゆうしゅう》な鍛冶職人《かじしょくにん》が来《き》てくれるとはね。おかげで、アタシがつくるアイテムのはばも大《おお》きく広《ひろ》がりそうだ」

「じつにたのもしいね。名前《なまえ》はなんだっけ？」

「ユウオンだそうだ。本当《ほんとう》の姿《すがた》はやさしくおだやかだから……だとさ」

「あの子《こ》たちらしい名《な》づけ方《かた》だ」

ゲンジは満足《まんぞく》そうにうなずいた。

「……それで、今後《こんご》あの子《こ》をどうしていく気《き》なんだい？」

「どうって？」

ゲンジが軽《かる》く聞《き》き返《かえ》すと、アカリはじろりとにらんだ。

「しらばっくれるんじゃないよ。あんた、クウを幻獣使《げんじゅうつか》いにする気《き》だろう？　今回《こんかい》の件《けん》で、能力《のうりょく》がさらに開花《かいか》したようじゃないか。そこまで見越《みこ》して、手助《てだす》けしなかったんだろう？　ずいぶん、危険《きけん》なマネをさせたね」

鉄《てつ》を打《う》つ音《おと》が、しばらくひびきわたる。やがてゲンジはぽつりと言《い》った。

「いずれにせよ、今《いま》はそれどころじゃないさ」

「だが、ヘルハントの脅威《きょうい》は増《ま》すばかり。悠長《ゆうちょう》なことは言《い》ってられない」

「最終的《さいしゅうてき》には、あの子《こ》――いや、あの子《こ》たちが決《き》めることだ。私《わたし》が決《き》めることじゃない」

ゲンジはシルクハットをかぶり直《なお》すと、おだやかにほほえんだ。

「それよりアカリさん。ひさしぶりに、チェスでもどうかな？」

平泉小学校《ひらいずみしょうがっこう》では、いつものように授業《じゅぎょう》が行《おこな》われている。

クウは、ぼんやりとケントがいなくなった席《せき》を見《み》つめていた。

あれから数日後《すうじつご》。めぐる先生《せんせい》からは、ケントが家庭《かてい》の事情《じじょう》で急《きゅう》きょ引《ひ》っ越《こ》したことを伝《つた》えられた。

ケントの机《つくえ》の中《なか》には、幻獣《げんじゅう》のイラストがたくさん描《えが》かれたスケッチブックが残《のこ》されていた。クウはこっそりそれを持《も》ち出《だ》していた。

ページをめくってイラストをながめる。その中《なか》には、おだやかな顔《かお》をしたサイクロプスも描《えが》かれていた。

(きっと、ケントくんは本当《ほんとう》に幻獣《げんじゅう》が大好《だいす》きだったんだ)

クウはまどの外《そと》を見《み》る。ケントは今《いま》ごろ、どうしているのだろう?

ヘルハント本部《ほんぶ》の地下深《ちかふか》く――幻獣収容地区《げんじゅうしゅうようちく》A《エー》。ならべられたうす暗《ぐら》いおりの中《なか》に、首輪《くびわ》をつけられたさまざまな幻獣《げんじゅう》たちが閉《と》じこめられている。

そのおりのひとつに、ぼろぼろのよごれた服《ふく》を着《き》たケントがいた。つかれはてた様《よう》子《す》で眠《ねむ》っている。

寝言《ねごと》の中《なか》で、ケントはくりかえし、くりかえし、同《おな》じ言葉《ことば》をつぶやいていた。

「……クウくん、クウくん……クウくん、助《たす》けに来《き》て……くれ……」

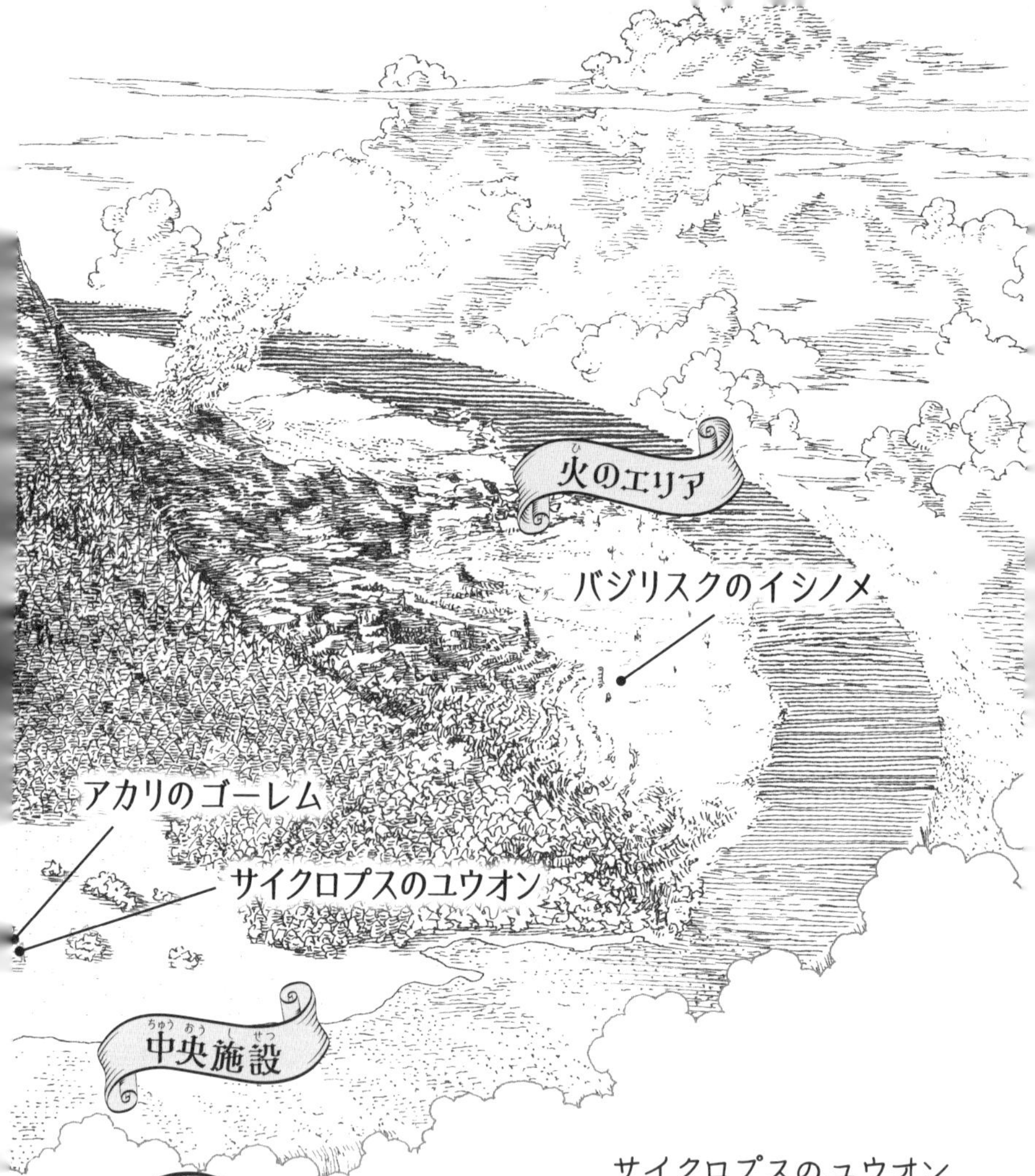

サイクロプスのユウオン

ユウオンはアカリの研究所《けんきゅうじょ》の前《まえ》につくられた鍛冶場《かじば》で働《はたら》いている。
口数《くちかず》はすくないが、幻獣園《げんじゅうえん》での生活《せいかつ》には満足《まんぞく》しているようだ。
夜《よる》は山《やま》の中《なか》のどうくつで眠《ねむ》っている。

バジリスクのイシノメ

イシノメは子《こ》どもたちとの時間《じかん》を楽《たの》しんでいるようだ。
子《こ》どもたちはまだ、他《ほか》の生《い》き物《もの》を石《いし》にすることはできないが、
成長速度《せいちょうそくど》が早《はや》いので、アカリがそれぞれのゴーグルを開発中《かいはつちゅう》。

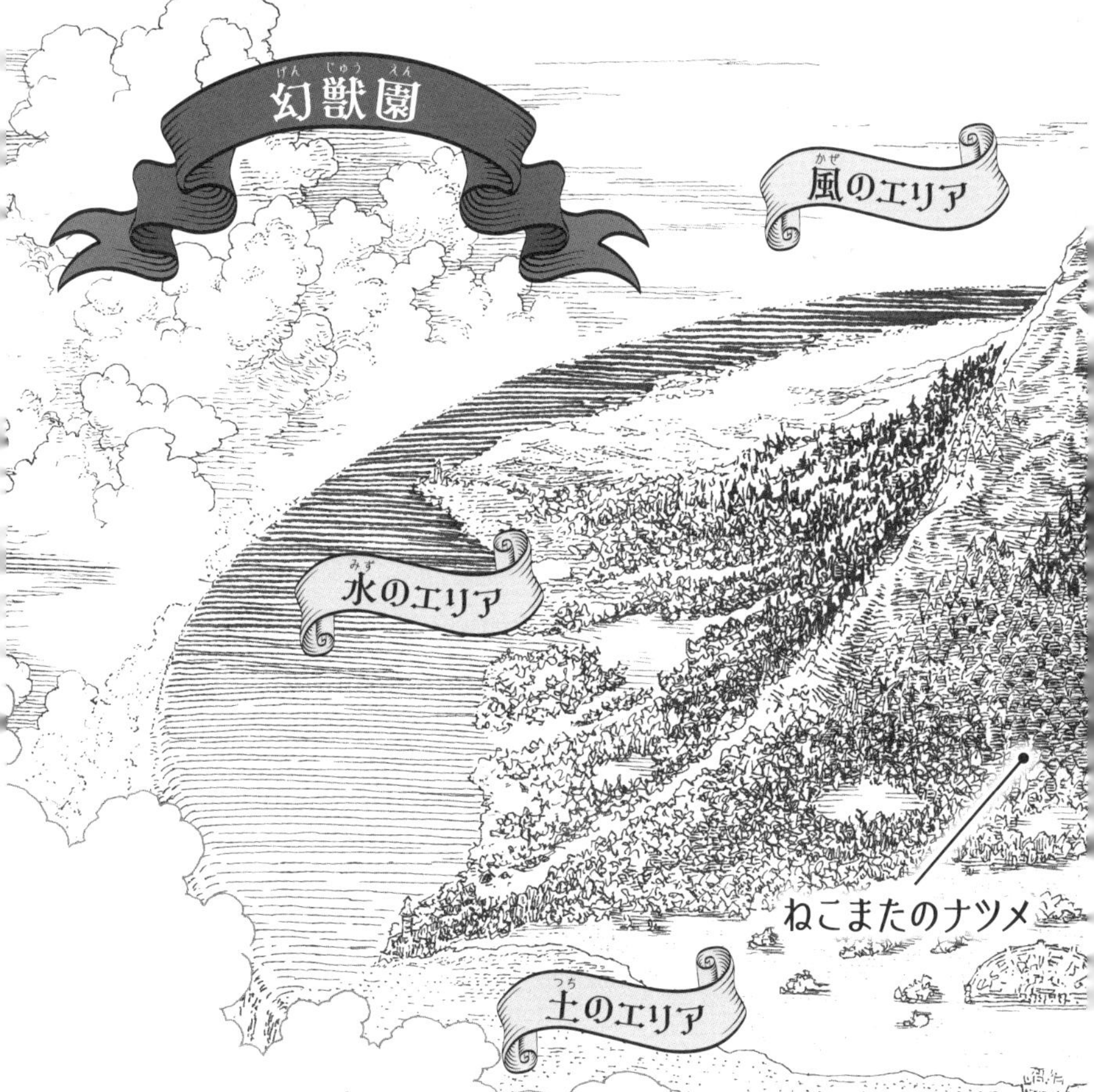

幻獣《げんじゅう》たちのその後《ご》

ねこまたのナツメ

ナツメは中央施設《ちゅうおうしせつ》に近《ちか》い森《もり》の中《なか》でくらしている。
今《いま》はテンカが持《も》ってくる魚《さかな》の缶詰《かんづめ》がお気《き》に入《い》りのようだ。
夜《よる》になると、仲間《なかま》のねこまたたちと楽《たの》しくおどっている。

アカリのゴーレム

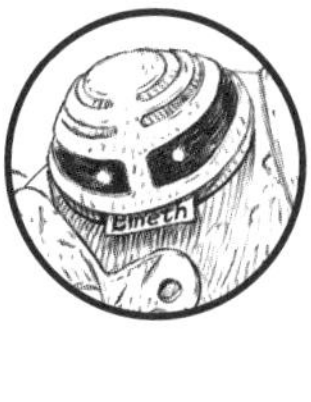

ゴーレムは暴走《ぼうそう》を止《と》められたあと、アカリの手《て》によって修復《しゅうふく》された。
現在《げんざい》、細心《さいしん》の注意《ちゅうい》をはらった上《うえ》で幻獣園《げんじゅうえん》の運営《うんえい》に使《つか》われている。
たまに、人間《にんげん》のような反応《はんのう》をすることがあるらしい。

作　田中智章

監督・脚本家・作家。脚本家として、アニメ「ドラえもん」、映画「シャニダールの花」などを担当。児童書作品に「科学探偵 謎野真実」シリーズ、『5秒で見破れ！ 全員ウソつき』（ともに朝日新聞出版）などがある。

作　岡篤志

脚本家・作家。脚本家として、アニメ「カードファイト!! ヴァンガード will+Dress」「京都寺町三条のホームズ」「ふしぎ駄菓子屋　銭天堂」「Rise Man」などを担当。ゲーム作品に「少女歌劇レヴュースタァライトRELIVE」などがある。

絵　有田満弘

イラストレーター。「ポケモンカードゲーム」「ファイナルファンタジーXI」などのイラストや、「劇場版ベルセルク 黄金時代篇」のコンセプトデザインを担当。児童書では「ガフールの勇者たち」シリーズ、「ファオランの冒険」シリーズ（ともにKADOKAWA）などがある。

おもな参考文献
『ギリシア・ローマ神話』ブルフィンチ著／野上弥生子訳（岩波書店）
『幻獣辞典』ホルヘ・ルイス・ボルヘス著／柳瀬尚紀訳（河出書房新社）
『幻想生物 西洋編』山北篤著（新紀元社）
『にっぽん妖怪大図鑑』常光徹監修（ポプラ社）

天空ノ幻獣園②

天《てん》空《くう》ノ《の》幻《げん》獣《じゅう》園《えん》

謎《なぞ》の転《てん》校《こう》生《せい》と一《ひと》つ目《め》の巨《きょ》人《じん》

2024年4月　第1刷

作　田中智章　岡篤志
絵　有田満弘
発行者　加藤裕樹
編集　大村崇　栢植智彦
発行所　株式会社ポプラ社
〒141-8210 東京都品川区西五反田 3-5-8
JR目黒MARCビル12階
ホームページ　www.poplar.co.jp
印刷・製本　中央精版印刷株式会社
デザイン　bookwall

ISBN978-4-591-18154-6　N.D.C.913　175p　19cm　Printed in Japan

P4176002